新潮文庫

みずうみ

川端康成著

新潮社版

1458

みずうみ

桃井銀平は夏の終り——というよりも、ここでは秋口の軽井沢に姿をあらわした。先《ま》ずフラノのズボンを買って古ズボンとはきかえ、新しいワイシャツに新しいセエタアを重ねたが、つめたい霧の夜なので、紺のレイン・コオトまで買った。出来合いで服装をととのえるのに、軽井沢は便利だった。靴《くつ》も足に合うのがあった。古靴は靴屋に脱ぎすてておいた。しかし、古着は風呂敷《ふろしき》にくるんで、これをどうしたものか。あき別荘のなかにほうりこんでおけば、来年の夏まで見つかりはすまい。銀平は小路《こみち》に折れて、あき別荘の窓に手をかけてみたが、板戸は釘《くぎ》づけされていた。それをやぶるのが、今はおそろしかった。犯罪のように思えた。

いったい銀平は自分が犯罪者として追われているのかどうか、自分にもわからなかった。自分の犯罪は被害者から訴えられていないのかもしれない。銀平は風呂敷包を勝手口のごみ箱に入れた。さばさばした。避暑客の不精か別荘管理人の怠慢か知らないが、ごみ箱は掃除してなくて、風呂敷包をおさえこむと、しめった紙類の音がした。ごみ箱のふたは風呂敷包で少し持ちあがっていた。銀平は気にかけなかった。

しかし、三十歩ほど行って振りかえった。そのごみ箱のあるあたりから、銀色の蛾《が》の群が霧のなかへ舞いあがる幻を見た。銀平は取ってかえそうとして立ちどまったが、銀色の幻は頭の上のから松をぽうっと青く照らして消えた。から松は並木のようにつづいていているらしく、その奥に装飾燈のアアチがあった。トルコ風呂だった。

銀平は庭にはいると、頭に手をやってみた。髪の形はよさそうだった。銀平には安全剃刀《かみそり》の刃で自分の髪をかる妙技があって、いつも人をおどろかせた。

ミス・トルコと呼ばれる湯女《ゆな》が銀平を浴室に案内した。内側から扉《とびら》をしめると、湯女は白いうわっぱりを脱いだ。腹から上には乳かくしをしているだけだった。

その湯女がレイン・コオトのボタンをはずしてくれるので、銀平はふと身をひきかけたが、まかせていると、足もとにひざまずいて、靴下まで脱がせてくれた。

銀平は香水風呂にはいった。タイルの色のせいで、湯はみどりに見えた。香水の匂《にお》いはあまりよくないのだが、信濃《しなの》の安宿から安宿へかくれ歩いて来た銀平には、とにかく花のかおりだった。香水風呂を出ると、湯女がからだをすっかり洗ってくれた。足もとにしゃがんで、足の指のあいだまで、娘の手で洗ってくれた。銀平は湯女の頭を見おろしていた。昔の洗い髪のようにうしろへ垂れて、首の根の少し下で切ってあった。

「頭をお洗いいたしましょうか。」

「ええ？　頭まで洗ってくれるの？」

「どうぞ……。お洗いいたしますわ。」

安全剃刀の刃でそぐばかりで、そう言えば、ずいぶん頭を洗わなかったから臭いのだろうと、銀平はふとおびえたが、両肘《りょうひじ》を膝《ひざ》について頭を前に出しながら、石鹸《せっけん》の泡《あわ》で髪をもまれているうちに気おくれはなくなって、

「あんたの声は、じつにいい声だね。」

「声……？」

「そう。聞いた後まで耳に残っていて、消えるのが惜しい。耳の奥から優にやさしいものが、頭のしんにしみて来るようだね。どんな悪人だって、あんたの声を聞い

たら、人なつかしくなって……。」

「まあ？　あまったれ声なんでしょう。」

「あまったれ声じゃないよ。なんとも言えないあまい声だけれどね……。哀愁がこもっていて、愛情がこもっていて、それで明るくきれいだね。歌うたいの声ともちがう。あんた、恋愛してるの？」

「いいえ。それならいいんですけれど……。」

「ちょっと……。ものを言う時は、そう頭をかきまわさないで……。声が聞きにくい。」

湯女は指を休めたが、困ったように、

「恥ずかしくて、ものが言えなくなりますわ。」

「天女のような声の人もいるもんだね。電話で二こと三こと聞いても、しばらく余韻を惜しむだろうね。」

銀平は真実涙ぐみそうになっていた。この湯女の声に、清らかな幸福と温い救済を感じていたのだった。永遠の女性の声か、慈悲の母の声なのだろうか。

「あんたの国はどこ……？」

湯女は答えなかった。

「天国か？」

「あら。新潟《にいがた》ですわ。」

「新潟……？　市？」

「いいえ。小さい町です。」

湯女の声は小さくなって少しふるえていた。

「雪国で、からだがきれいなんだね。」

「きれいじゃありませんわ。」

「からだもきれいだが、こんないい声は聞いたことがない。」

湯女は洗い終ると、手桶《ておけ》の湯をいくどもそそぎかけ、銀平の頭を大きいタオルにくるんでこすった。ざっとくしけずった。

そして銀平は腰に大きいタオルを巻いて、蒸し風呂に入れられた。四角い木箱の前を開いて、そっと押しこまれるような工合《ぐあい》だった。箱の上の板には首の通る道があって、首が真中におさまると、湯女が蓋《ふた》をおろして、首の通った道もふさがった。

「断頭台だ。」と思わず言うと、銀平は目を見ひらいておびえ、穴にはさまれた首を右左にまわして、あたりをながめた。

「よくそうおっしゃる方がありますわ。」しかし湯女は銀平の恐怖に気がつかなかった。銀平は入口の扉を見、窓に目をとめた。

「窓をしめましょうか。」と湯女は窓の方へ行った。

「いや。」

蒸し風呂の温気《うんき》がこもるので、窓はあけてあるらしく、浴室の明りが外の楡《にれ》の青葉にあたっていた。楡は大木で、光りは葉のしげりの奥にとどかない。その葉の暗がりのなかから、かすかなピアノが聞えて来るように銀平は思った。音は曲をなしていない。幻聴にちがいなかった。

「窓の外は庭か。」

「はい。」

夜の明りの薄い青葉の窓に、色白の裸の娘が立っているのは、銀平に信じられぬ世界のようだった。薄桃色のタイルの上に、娘ははだしで立っていた。いかにも若い形の脚だが、膝のうしろのくぼみにかげがあった。

銀平はもしこの浴室に一人でおかれたら、板の穴に首をしめられそうで、じっとしていられないだろうと思った。椅子《いす》のようなものにかけている、その腰の下から熱くなって来た。うしろも熱い板のようなので、それに背を寄せた。箱の三方が熱いらしかった。蒸気も出ているのかもしれない。

「何分ぐらいはいっている。」

「お好き好きですけれど、十分くらい……。なれた方は十五分ほどはいってらっしゃいます。」

入口の衣類入れの上に小さい置時計があって、見るとまだ四五分しかたっていなかった。湯女はタオルを水でしぼって来て、銀平の額にのせてくれた。

「ははあ、のぼせるんだな。」

板の箱から首だけ出して真剣な顔をしているのは、多分滑稽《こっけい》だろうと思うゆとりが出来て、銀平は温まった胸や腹をなでまわしてみた。べたべた濡《ぬ》れていた。汗か湯気かわからなかった。銀平は目をつぶった。

湯女は客が蒸し風呂にはいっているあいだ手持無沙汰《てもちぶさた》らしく、香水風呂の湯を汲《く》み出して、流し場などを洗う水音が聞えた。銀平には岩を打つ波のように思えた。古里の岩の上で二羽のかもめがつばさを怒らせ、くちばしで突っつき合っていた。

海が頭に浮かんだ。

「もう何分?」

「七分ほどです。」

湯女はまたタオルをしぼって来て、銀平の額にのせてくれた。銀平は冷たい快感のとたんに、ひょっと首を前へやったが、

「あいたっ。」とわれにかえった。

「どうなさいましたの。」

湯女は銀平が熱気で目まいをしたと思ったのか、落ちたタオルを拾って銀平の額にあてがうと、手でおさえてくれた。

「もうお出になりますか。」

「いや、なんでもない。」

銀平はこの声のいい娘のあとをつけてゆく幻覚につかまったのだ。東京のどこかの電車通だ。その歩道のいちょうの並木がちょっと頭に残った。銀平は汗びっしょりになった。板の穴に首かせされていて身動きならぬのを知って、顔をゆがめた。

湯女は銀平のそばをはなれた。銀平の様子にいくらか不安を感じているらしかっ

た。

「こうやって、首だけ出していると、僕《ぼく》はいくつぐらいに見える？」と銀平は言ってみたが、湯女は答えに迷って、

「男の方のお年はわかりませんわ。」

湯女は銀平の首をよくも見なかった。銀平は自分が三十四だと言うきっかけもなかった。湯女はまだ二十前だろうと思った。肩を見ても、腹を見ても、脚を見ても、処女にちがいないようだった。ほとんど頰紅《ほおべに》をさしていないが頰はういういしいばら色だった。

「もう出よう。」

銀平はかなしげな声を出した。湯女は銀平の咽《のど》の前の板をあけると、首筋にあてたタオルの両端を持って、銀平の首をだいじなもののように引き出した。そしてからだじゅうの汗を拭《ふ》いてくれた。銀平は腰に大きいタオルを巻いていた。湯女は壁よりの寝椅子に白い布をしいて、銀平をうつ伏せに横たわらせた。肩からマッサアジをはじめた。

マッサアジはもむようになでさするばかりでなく、平手でぴたぴたたたくものだ

ということを、銀平は今まで知らなかった。湯女の掌は少女の掌だが、意外にはげしく背をたたかれつづけて、銀平の呼吸は切りきざまれ、銀平の幼な子が円い掌で力いっぱい父親の額を打ち、銀平が下向くと、頭を打ちつづけたのが思い出された。それはいつの幻であったか。しかし今は、その幼い子の手が墓場の底で、おしかぶさる土の壁をもの狂わしく打っていた。牢獄《ろうごく》の暗い壁が四方から銀平に迫って来た。冷たい汗が出た。

「なにか粉を塗るの?」と銀平は言った。

「はい。お気持が悪いでしょうか。」

「いや。」と銀平はあわてて、「また汗だからね……。あんたの声を聞きながら、気持の悪い人間があったら、今まさに罪を犯そうとする瞬間だね。」

湯女はふと手を休めた。

「僕などが聞くと、あんたの声のほかの、一切が消滅してしまう。ほかの一切が消滅してしまうというのも危険だが、しかし声はつかまえることも追っかけることも出来ないね。流れてやまぬ時間か生命のようなものだ。いや、そうじゃないかな。あんたはいつだって、いい声を出せるんだ。しかし、こんな風にあんたがだまってしまうと、誰《だれ》がどうしたって無理にいい声を出させるわけにはゆかないんだね。おどろき声や怒り声や泣き声は出させられたって、自然な声で話す話さないは、あんたの自由だね。」

湯女はその自由でだまって、銀平の腰からももの裏へもんでいった。土踏まずから足指までもんだ。

「上をお向きになって……。」と湯女はほとんど聞き取れぬほどかぼそい声で言った。

「ええ?」

「こんどは上をお向きになって……。」

「上を……? あおむけになるんだね。」と銀平は腰に巻いたタオルをおさえながら寝がえりした。湯女の今の少しふるえそうなかぼそいささやきは、花のかおりのように耳にこもったまま銀平がからだを動かすのについて来た。耳から匂いのような陶酔がしみ入るのは、かつて知らないことだった。

湯女は幅のせまい寝椅子にぴったり身を寄せて立ちながら、銀平の腕をもんだ。銀平の顔の上に湯女の胸が立っていた。乳かくしをそうきつくしめたわけではないのに、白い布のへりで肌《はだ》は少しくびれていた。しかし胸から乳房へはまだ十分な成熟に張って来てはいなかった。湯女はやや古典的な面長《おもなが》で、額も横に広くはないが、髪をふくらますことなくそろえてうしろへひいているせいか、高く見えて、張りの強い目をなおはっきりさせていた。首から肩の線もまだ盛りあがらないで、腕のつけ根の円みが若々しかった。湯女の肌のつやがあまり近くて、銀平はまぶたを閉じた。大工の使うような釘箱にこまかい釘のいっぱいはいっているのが、目のなかに見えた。釘はみな鋭く光っていた。銀平は目をあいて、天井をながめた。白く塗ってあった。

「僕のからだは年より老《ふ》けているだろう。苦労をしたからね。」と銀平はつぶやいた。しかしまだ年齢を言ってない。

「三十四だよ。」

「そうですか。お若いですわ。」と湯女は声の表情をおさえて言った。銀平の頭の方にまわって、壁がわの腕をさすっていた。寝椅子の片がわは壁についている。

「足の指なんか、猿《さる》みたいに長くて、しなびたようだろう。僕はよく歩くんだけれど……。みっともない足の指を見ると、いつもぞっとするんだ。それまで、あんたのきれいな手でもませたね。靴下を脱がせてくれた時に、おどろかなかった？」

　湯女は答えなかった。

「僕も裏日本の海べの生まれでね。しかし、海岸は黒い岩がごつごつだ。足の長い指で岩につかまるようにして、はだしで歩いた。」と銀平は半分はうそを言った。銀平はこのみにくい足のために、青春のときどきにいくたびさまざまなうそをついたことだろう。しかし足の甲の皮まで厚くてくろずみ、土踏まずは皺《しわ》がより、長い指は節立って、その節から不気味にまがることは事実だった。

　あお向けに寝てマッサアジをされている今は、足を見られないので、手を顔の上にかざしてながめた。湯女は銀平の胸から腕につづく筋をほぐしていた。乳の上のあたりだった。銀平の手は足ほど異相を呈してはいなかった。

「裏日本のどちらですの？」と湯女は自然の声で言った。

「裏日本の……。」と銀平は口ごもって、「出身地の話はいやだね。あんたとちがって、僕は故郷をうしなったから……。」

　湯女は銀平の古里など知りたいわけではなかろうし、心にとめて聞いている風はなかった。この浴室の照明はどうなっているのか、湯女のからだに陰がないようだった。湯女《ゆな》は銀平の胸をさすりながら自分の胸を傾けて来ていた。銀平は目をつぶった。手のやり場に迷った。腹の脇《わき》にのばしたら湯女の脇腹にさわりはしないか。ほんの指先でも触れようものなら、ぴしゃりと顔をなぐられそうに思えた。そして銀平は真実なぐられたショックを感じた。はっとおびえて目をあこうとしたが、まぶたは開かなかった。したたかまぶたを打たれていた。涙が出そうなものだが出ないで、目の玉を熱い針で刺されたようにいたんだ。

銀平の顔をなぐったのは、湯女の手のひらではなく、青い革のハンド・バッグだった。なぐられた時にハンド・バッグとわかっていたわけではないが、なぐられた後で足もとにハンド・バッグの落ちているのを見たわけだった。それもハンド・バッグでなぐられたのやら、ハンド・バッグを投げつけられたのやら、銀平には明らかでなかった。ハンド・バッグがしたたか顔を打ったことは確かである。そのとたんに銀平はわれにかえったのだから……。

「あっ。」と銀平は叫んで、

「もし、もし……。」と女を呼びとめかけた。ハンド・バッグの落ちていることを、とっさに注意しようと思ったのだ。しかし女のうしろ姿は薬屋の角へ身をひるがえして消えた。青いハンド・バッグが道のまんなかにあるだけだった。銀平の犯罪の動かぬ証拠のように存在していた。開いた口金から千円札のたばがはみ出ていた。だが銀平にははじめ札たばよりも、犯罪の証拠としてのハンド・バッグが見えた。ハンド・バッグを捨てて逃げられたために、銀平の行為は犯罪になったようだ。その恐怖から銀平はハンド・バッグをとっさに拾った。千円札のたばにおどろいたのは、ハンド・バッグを拾ってからだった。

あの薬屋の店は幻視でなかったかと、銀平は後になって疑うこともあった。店など一つもない屋敷町のなかに、小さい古びた薬屋がぽつんと一軒あるのは不思議だ。しかし蛔虫《かいちゅう》の薬の立看板が入口のガラス戸の横に出ていた。また不思議と言えば、その屋敷町へはいる電車通の曲り角に、同じような果物屋が向い合っていたのもおかしい。どちらの店にも、さくらんぼだとかいちごだとかの小さい木箱入りをならべていた。銀平は女のあとをつけて来たあいだ、女のほかの一切が見えなかったのに、向い合った果物屋だけがふとそこで目についたというのはどうしてだろう。女の家へ行く曲り角をおぼえておこうとしたのだろうか。箱のなかにつぶをそろえてきちんとならんでいたいちごも目に残っているから、たしかに果物屋はあったようだ。しかし電車通から曲り角の片方だけに果物屋があるのを、両方にあると錯覚したのかもしれない。あんな時には、一つのものが二つに見えることもないではあるまい。後に銀平はその果物屋と薬屋とがあるかどうかを、たしかめに行ってみたい誘惑とたたかうのに骨を折った。じつはその町もさだかではない。東京の地理を頭にえがいて、おおよその見当がつくだけだ。銀平にとっては、女の行く方であって、それが道であっただけだ。

「そうだ。捨てるつもりではなかったかもしれないぞ。」と銀平は湯女に腹をさすられながら、われにもなくつぶやいて、はっと目を見開いた。しかし湯女に気づかれるよりも早くまぶたをつぶった。地獄の化鳥《けちょう》のような目つきをしていたかもしれない。女のハンド・バッグのことだが、捨てるものの名も、捨てる人のことも、口走らなかったのは幸いだった。銀平の腹はぎゅっと固くなって、その後波打った。

「くすぐったいね。」と銀平が言うと湯女は手をゆるめた。こんどはほんとうにくすぐったい。銀平はうまく笑い声が出た。

今の今まで銀平は、あの女がハンド・バッグで銀平をなぐったのにしろ、ハンド・バッグを銀平に投げつけたのにしろ、なかの金をねらって後をつけられて来たものと思って、その恐怖が爆発点に達した時、ハンド・バッグを捨てて逃げたものと解釈していた。しかし女は捨てるつもりではなく、持ったもので銀平を振りはらうつもりが、その強いはずみで、ハンド・バッグが手をはなれたのかもしれない。そのどちらでも、女がハンド・バッグを横に振って銀平の顔にあたったのだとすると、二人はよほど接近していたことになる。さびしい屋敷町にさしかかってから、銀平は自分ではわからぬうちに、追跡の距離を縮めていたのだろうか。銀平のけはいで女はハンド・バッグをぶっつけて逃げたのだろうか。

銀平は金が目あてではなかった。女のハンド・バッグのなかに大金がはいっていることはかぎつけもしなかったし、考えもしなかった。犯罪の明らかな証拠を消すつもりでハンド・バッグを拾うと、二十万円はいっていたわけだった。折りめのつかぬ札の十万円たばが二つ、預金通帳もあったから、女は銀行の帰りだったらしく、おそらく銀行から後をつけられて来たと思ったにちがいない。札たばのほかには千六百いくらしかはいっていなかった。また銀平が通帳を見ると、二十万円引き出した後には二万七千いくら残っていた。つまり女は預金を大方引き出したわけだった。

女の名が水木宮子というのも銀平は通帳で知った。金が目あてではなく、女の魔力に誘われたのだったとすると、金と通帳とは宮子に送りかえすべきだったろう。しかし銀平としては返すはずがなかった。銀平が女を追って歩いたように、その金は魂のあるようなないような生きもので、銀平を追って歩いた。銀平が金を盗んだのははじめてだった。盗んだというよりも、金は銀平をおびえさせながら、はなれてゆこうとしてくれなかった。

ハンド・バッグを拾った時は、金を盗むどころではなかった。拾ってみるとハンド・バッグは犯罪の証拠をかかえたことで、銀平は背広の脇の下にはさみながら電車通へ小走りに出た。あいにくオウバア・コオトを着ている季節ではなかった。銀平は風呂敷《ふろしき》を買うと店を飛び出した。ハンド・バッグを風呂敷につつんだ。銀平は二階借りしていてひとりぐらしだった。水木宮子の預金通帳だとかハンカチだとかは七輪で燃やした。通帳のところ番地はひかえておかなかったので宮子の住所はわからなくなった。もう金を送りかえすつもりはなかった。通帳やハンカチや櫛《くし》も焼くとにおうが、ハンド・バッグの革はくさいだろうと思って、鋏《はさみ》で切りきざんだ。一切れずつ火にくべて、長い日数をついやした。ハンド・バッグの口金だとか、口紅やコンパクトの金などは燃えないから、夜なかにどぶへ捨てた。それらは見つかったところでありふれたものだ。よく使って残りすくない口紅の棒を押し出してみると、銀平は身ぶるいしそうだった。

銀平はラジオに気をつけ、新聞もよく見ていたが、二十万円と通帳のはいったハンド・バッグを強奪されたというニュウスはなかった。

「ふん。やはりあの女はとどけなかったのだ。とどけ出られないなにかが、あの女にはあるのだ。」と銀平はつぶやくと、暗い胸底がふと怪しい焔《ほのお》で明るむのを感じた。銀平があの女のあとをつけたのには、あの女にも銀平に後をつけられるものがあったのだ。いわば一つの同じ魔界の住人だったのだろう。銀平は経験でそれがわかる。水木宮子も自分と同類であろうかと思った時、銀平はうっとりとした。そして宮子の住所をひかえておかなかったことが悔まれた。

銀平が後をつけているあいだ、宮子はおびえていたにちがいないが、自身ではそうと気がつかなくても、うずくようなよろこびもあったのかもしれない。能動者があって受動者のない快楽は人間にあるだろうか。美しい女は町に多く歩いているのに、銀平が特に宮子をえらんで後をつけたのは、麻薬の中毒者が同病者を見つけたようなものだろうか。

銀平がはじめて後をつけた女、玉木久子の場合は明らかにそうであった。女といっても久子は少女に過ぎなかった。声のいい湯女よりもまだ年下であろう。高等学校の女生徒で銀平の教え子だった。久子とのことが知れて、銀平は教職を追われてしまったわけだ。

久子の家の門まであとをつけて来て、銀平はその門の立派なのにはっと立ちどまった。石塀《いしべい》につづく門の扉《とびら》は鉄棒の格子《こうし》の上が唐草《からくさ》模様になっていた。扉は開いていた。久子は唐草模様の向うから振りかえって、

「先生。」と銀平を呼んだ。青ざめていた顔が美しく赤らんで来た。銀平も頬が燃えた。「ああ、ここが玉木さんの家か。」と銀平はかすれ声で言った。

「先生。なんの御用ですの？　わたしの家へいらして下さったんでしょう？」

教え子の家へ来るのに、だまって後をつけて来るはずもないが、

「そうなんだ。よかったね、こんな家が戦災で焼けなかったのは、奇蹟《きせき》のようだ。」

と銀平は感歎《かんたん》するふりで門のなかをながめた。

「家は焼けたんですの。ここは戦後に買った家です。」

「ここは戦後に……？　玉木さんのお父さまはなにをしてらっしゃるの？」

「先生、なにか御用ですか。」と久子は鉄の唐草模様越しに、怒りの目で銀平をにらんだ。

「うん、そうだ。水虫の……、あの、玉木さんのお父さまは、水虫によくきく薬をごぞんじなんだろう？」と言いながら、この豪華な門の前で、水虫とはなにごとだろうかと、銀平はみじめな泣き顔になった。久子はしかしきりっとした顔のまま問いかえした。

「水虫ですか。」

「うん、水虫のお薬なんだ。玉木さんが、ほら、水虫によくきく薬のことを、学校でお友だちに話してたじゃないか。」

久子は思い出そうとする目をした。

「先生はもう歩けないほどなんだ。水虫の薬の名を、お父さまに聞いて来てくれませんか。先生はここで待っています。」

久子が洋館の玄関に消えるのを見とどけると、銀平は走って逃げ出した。銀平のみにくい足が銀平を追って来るようだった。

久子は後をつけられたことを、おそらく家庭にも学校にも訴えはしないだろうと、銀平は推理していたが、その夜はひどい頭痛に苦しめられ、目ぶたもぴくぴく痙攣《けいれん》して寝つけなかった。寝ついてからも浅い眠りがたびたびやぶれ、そのたびにつめたいあぶら汗のべたつく額に手をやると、後頭部にたまった毒素が脳天に這《は》い上ってから額へ廻《まわ》って来た時に、また頭痛がした。

はじめて頭痛が起きたのは、久子の家の門前から逃げ出して、近くの盛り場をうろついていた時だった。人ごみの道のまんなかで、銀平は立っていられなくて、額をおさえながらしゃがみこんだ。頭痛といっしょに眩暈《めまい》を感じた。じゃんじゃんじゃん、りんりりん、福引の大当りのベルが町に鳴っているようだった。消防自動車が疾走して来るベルのようでもあった。

「どうかなさったの。」と女の膝頭《ひざがしら》が軽く銀平の肩を突いた。振りかえって見上げると、戦後の盛り場に出るストリイト・ガアルらしかった。

銀平はそれでもいつのまにか、通行人のじゃまにならぬように、花屋の飾り窓に身を寄せていた。額を飾り窓のガラスにほとんど押しつけていた。

「僕のあとをつけて来たんだね。」と銀平は女に言った。

「つけて来たというほどでもないわ。」

「僕が君の後をつけて来たんじゃないだろうね。」

「そうよ。」

女の答えは肯定か否定かあいまいだった。肯定ならば女は後をなにかつづけるはずだった。しかし女がちょっと間《ま》をおいているのを、銀平は待ちきれないあせりがあって、

「僕が後をつけたんじゃなかったら、君がつけて来たんじゃないか。」

「どうでもいいけれど……。」

女の姿は窓ガラスにうつっていた。ガラスの向うの花々のなかにうつっているようだった。

「なにしてるのよ。早くお立ちなさい。人が見て通るわ。どこか悪いの。」

「ああ。水虫だ。」

銀平はまた水虫と口をついて出て、自分でもおどろいたが、

「水虫が痛くって歩けないんだ。」

「いやな人ね。近くにいいうちがあるから、休んでゆきましょう。靴も靴下も脱ぐといいわ。」

「人に見られるのはいやだよ。」

「そんなとこ見やしないわよ。足なんか……。」

「うつるぞ。」

「うつりやしないわ。」と女は銀平の脇の下に片手をさしこんで、

「さあ。さあってばさ。」とぶらさげるようにした。

銀平は左手の指で額をつかみながら、花のなかにうつった女の顔を見ていると、向うから花のなかへ別の女の顔があらわれて来た。花屋の女主人だろうか。銀平は窓の向うの白いダリヤの群をつかむように、右手を飾り窓の大きいガラスに突っ張って立ち上った。花屋の女主人は薄い眉《まゆ》をしかめて銀平をにらみつけた。銀平は腕が大きい窓ガラスを突き抜けて血が流れそうな危惧《きぐ》で、からだの重心を女の方に傾けた。女は踏みこたえて、

「逃げちゃ、だめよ。」と言うなり銀平の乳のあたりを、きゅうとつねった。

「あいた。」

銀平はすっとした。久子の家の門前から逃げ出してから、どうしてこの盛り場へたどりついていたのか、よくわからなかったが、女につねられたとたんに頭が軽く

なった。みずうみの岸で山からの微風に吹かれたようなさわやかさだった。若葉のころの涼しい風のはずだが、銀平は花屋のみずうみほどの広い窓ガラスを、腕で突きやぶりそうに感じた後のせいか、氷の張ったみずうみが心に浮かんだ。母の村のみずうみである。そのみずうみの岸には町もあるが、母の里は村である。

みずうみには霧が立ちこめて、岸辺の氷の向うは霧にかくれて無限だった。銀平は母方のいとこのやよいを、みずうみの氷の上を歩いてみるように誘うよりも、むしろおびき出したものだ。少年の銀平はやよいを呪詛《じゅそ》し怨恨《えんこん》していた。足もとの氷がわれてやよいが氷の下のみずうみに落ちこまないかという邪心をいだいていた。銀平やよいは銀平より二つ年上だが、銀平はやよいよりも悪智慧《わるぢえ》が発達していた。銀平の父は銀平が数えで十一歳の時に奇怪な死を遂げ、母は里に帰ってしまいそうな動揺があって、春の日にあたたかく育ったようなやよいよりも、銀平の方が悪智慧を必要としたのである。銀平が母方のいとこに初恋をしたのも、一つには母をうしないたくないという願いを秘めてかもしれない。幼い銀平の幸福はやよいと二人づれの姿をみずうみにうつして、岸の路《みち》を歩くことだった。みずうみを見ながら歩いているると、水にうつる二人の姿は永遠に離れないでどこまでも行くように思われた。

しかし幸福は短かった。二つ年上の少女は十四五で異性として銀平を置き去りにしそうだったし、また銀平の父が死んでから母の里の人たちは銀平の家をいみきらった。やよいも銀平をうとんじ、露骨に見くだしした。みずうみの氷がわれてやよいが沈めばいいと、銀平が思ったりしたのもそのころだ。やがてやよいは海軍の士官と結婚して、今は未亡人になっているはずだ。

そして今も銀平は花屋の窓ガラスからみずうみの氷を思い浮かべたりする。

「よくもつねったな。」と銀平は胸をなでさすりながらストリイト・ガアルに言った。

「きっとあざになってるぞ。」

「帰って奥さんに見てもらいなさい。」

「奥さんはいないよ。」

「なに言ってるの。」

「ほんとうだ。独身の学校教師だ。」と銀平は平気で言った。

「私だって独身の女子学生だわ。」と女は答えた。

女のでたらめにちがいないと、銀平は改めて女の顔を見もしなかったが、女子学生と聞くと、また頭痛がして来た。

「水虫が痛いの？　だから、あんまり歩かない方がいいって言うのに……。」と女は銀平の足もとを見た。

銀平は門の前までつけて行った玉木久子がもしこんどは逆に銀平をつけて来ていて、こんな女と歩いているところを見られたら、どう思うだろうかと、ふと人ごみをふりかえった。玄関にはいった久子がまた門まで出て来たかどうかはわからないが、今ごろは久子が心で銀平を追って来ていることはたしかだと、銀平は信じたものだ。

あくる日も、久子の組は銀平の国語の時間があった。教室の扉の外に久子が待っていて、

「先生、お薬。」と素早く銀平のポケットになにか入れた。

銀平は昨夜の頭痛で下調べしてないし、寝不足のつかれもあって、作文の時間にした。題は自由とした。男学生の一人が手をあげて、

「先生、病気のことを書いてもよろしいですか。」

「ああ、なんでもよろしい。」

「たとえば、きたないんですが、水虫のことでも……？」

わっと笑い声があがった。しかし、みなその学生の方を見て、銀平の方に妙な目を向ける者はなかった。銀平をあざ笑ったのではなく、その学生を笑ったものらしい。

「水虫のことでもいいだろう。先生は経験がないから、参考になるよ。」と言いながら、銀平は久子の席を見た。学生たちはまた笑ったが、銀平の無罪に身方するような笑い方だった。久子はうつ向いたままなにか書いていて顔を上げなかった。耳まで赤くなっていた。

久子が作文を教師の机へ持って来た時、銀平は「先生の印象」という題名を見て取った。自分のことにちがいないと銀平は思った。

「玉木さん、ちょっと後に残って下さい。」と久子に言った。久子は人に気づかれぬほどうなずいて、上目づかいに銀平をにらんだ。にらまれたように銀平は感じた。

久子はいったん窓際《まどぎわ》に離れて庭をながめていたが、全部の学生が作文を出し終ると、向き直って教壇に近づいて来た。銀平は作文をゆっくりたばねて立ち上った。廊下に出るまでなにも言わなかった。久子は銀平の一メエトルほど後をついて来た。

「薬をありがとう。」と銀平は振りかえって、

「水虫のことは誰《だれ》かにしゃべったの。」

「いいえ。」

「誰にもしゃべらないの。」

「はい。恩田さんには言いました。恩田さんは親友ですから……。」

「恩田さんにね……？」

「恩田さんにだけです。」

「一人にしゃべれば、みなにしゃべったのとおんなじだね。」

「そんなことはありません。恩田さんと二人だけの話です。恩田さんとのあいだには、なんにも秘密がないことになっています。どんなことでも打ちあける約束です。」

「そういう親友か。」

「はい、うちの父が水虫だということだって、私が恩田さんと話しているところを、先生がお聞きになったんです。」

「そうだったかね。しかし、君は恩田さんになにも秘密がないの？　そんなことは

うそだ。よく考えてごらん。恩田さんにたいしてなにも秘密がないなんていうことは、君が一日二十四時間恩田さんといっしょにいて、心に浮かぶことをかたっぱしから、二十四時間しゃべりつづけていたって、それでも不可能だよ。たとえば眠っている時に見た夢を朝になって忘れたとしてごらん。恩田さんに話せやしない。それが恩田さんとなかたがいして恩田さんを殺したくなった夢かもしれない。」

「そんな夢は見ません。」

「とにかく、おたがいになんの秘密もない親友なんていうのは病的な空想で、女の子の弱点の仮面だね。秘密がないのは天国か地獄かの話で、人間の世界のことじゃないよ。君が恩田さんに秘密がないなら、君は一人の人間として存在もしていないし、生存もしていないわけだ。胸に手をあてて考えてごらん。」

久子は銀平の言う理窟《りくつ》そのものも、なぜこんな理窟を言うのかも、とっさにはのみこめぬらしく、

「友情を信じてはいけませんの？」と辛《かろ》うじてさからった。

「なにも秘密のないところに友情はなりたたないよ。友情ばかりじゃなく、あらゆる人間感情はなりたたないね。」

「はあ?」少女はやはり腑《ふ》に落ちぬようだ。

「だいじなことはみな恩田さんと話し合います。」

「さあ、どうだか……。一番だいじなことと、末の末の浜のまさごみたいに、だいじでないこととは、恩田さんにも話さないんじゃないの? お父さんや僕《ぼく》の水虫は、どの程度だいじなことになるかね。まあ君には中くらいのところかね。」

足を宙に引きまわされていた久子は突然ここで突き落されたように、銀平の意地悪な言い方だった。久子は青ざめると泣きそうな顔をした。銀平はやさしくなだめるような声でつづけた。

「君の家庭内のことなんかも、なんでも恩田さんに話すの? そうじゃないでしょう。お父さんの仕事の秘密なんか言わないでしょう。それごらん。それから、今日の作文には僕のことを書いたらしいが、それだって、書いたことで恩田さんに話してないことがあるでしょう。」

久子は涙のたまった目で銀平を刺すように見た。黙っていた。

「玉木さんのお父さんが戦後どういう仕事で成功なさったか、大したものだね。恩田さんじゃないが、僕も一度くわしく聞きたいな。」

銀平はさりげない調子で、しかし明らかな強迫のつもりだった。あのような邸宅を戦後に買ったとすれば、多分いわゆる闇《やみ》に類する不正か犯罪があったと疑える。銀平は久子に一本釘《くぎ》を打っておいて、自分が久子の後をつけた、その口止めに役立たせようとたくらんだのだ。

もっとも、久子が昨日の今日、銀平の授業に出、水虫の薬を持って来てくれ、「先生の印象」という作文を書いたのだから、憂《うれ》えるにおよばないと、銀平は昨夜の推理をふたたび確めてもいた。また銀平が前後不覚の酩酊《めいてい》か夢遊のように久子の後をつけたのは、久子の魔力に誘われたからで、久子はすでに魔力を銀平に吹きかけていたのである。昨日つけられたことで久子はその魔力を自覚し、むしろひそかな愉楽におののいているかもしれない。怪しい少女に銀平は感電していたのだ。

しかし、久子を強迫して、まあこれでよしと銀平が顔を上げると、廊下の突きあたりに恩田信子が立ってこちらを見ていた。

「親友が心配して待っているよ。じゃあ……。」と銀平は久子を放した。久子は銀平の前を恩田の方へ駈《か》けてゆく少女らしさはなく、銀平からだんだんおくれて、うなだれて歩いているようだった。

三四日後に銀平は久子に礼を言った。

「あの薬、よくきくね。おかげですっかりよくなったよ。」

「そうですか。」と久子は明るく頰《ほお》を染め可愛《かわい》い笑《え》くぼを浮かべた。

しかし可愛い久子ではとどまらないで、銀平とのあいだを恩田信子に告発されて、銀平が学校を追われるところまでいった。

それから年月をへだてた今、銀平は軽井沢のトルコ風呂《ぶろ》で湯女《ゆな》に腹をマッサアジされながらも、あの宏壮《こうそう》な洋館の豪奢《ごうしゃ》な安楽椅子《いす》で、久子の父が水虫の皮をむしっている姿を思い浮かべた。

「ふん。水虫の人にトルコ風呂は禁物だろうな。蒸されたら、かゆくてたまらんだろうな。」と言って銀平はあざ笑った。

「水虫の人が来たことある？」

「さあ。」

湯女はまともに答えるつもりはない。

「僕は水虫なんて知らんね。あれはぜいたくしている、やわらかい足に出来るんじゃないのかね。高尚《こうしょう》な足に下品な病菌がつく。人生ってそんなものだ。僕らの猿《さる》みたいな足には、植えつけられても生棲《せいせい》出来やしない。足の皮が固くて厚くてね。」と言いながら、その醜い足の裏に湯女の白い指がしめっぽく吸いつくようにもんでくれたのを思った。

「水虫だってきらう足だ。」

銀平は眉《まゆ》をひそめた。こころよい今、なぜ水虫のことなど美しい湯女にまで言い出したのか。言い出さねばならないのか。久子にあの時嘘《うそ》をついたからにちがいなかった。

銀平が久子の家の門の前で、水虫に悩んでいて、薬の名を聞きたいと言ったのは、とっさに口を出た嘘だった。三四日後に水虫がよくなったと礼を言ったのも、それにつづく嘘だった。銀平は水虫などわずらってはいなかった。作文の時間に、経験がないと言ったのがほんとうだ。久子にもらった薬は捨ててしまった。ストリイト・ガアルに水虫でへたばっていると言ったのもやはりほとんどとっさで、先きの嘘につづく嘘であった。一度ついた嘘は離れずに追跡して来る。銀平が女の後をつけるように嘘が銀平の後をつけて来る。おそらく罪悪もそうであろう。一度おかした罪悪は人間の後をつけて来て罪悪を重ねさせる。悪習がそうだ。一度女の後をつけたことが銀平にまた女の後をつけさせる。水虫のようにしつっこい。つぎからつぎへひろがって絶えない。今年の夏の水虫が、いったんおさまっても、来年の夏はまた出て来る。

「僕は水虫じゃないね。僕は水虫は知らん。」と銀平は自分を叱咤《しった》するように吐き出した。女の後をつける美しい戦慄《せんりつ》と恍惚《こうこつ》とを、不潔な水虫などにたとえることがあるものか。一度ついた嘘が銀平にこんな聯想《れんそう》までさせるのか。

しかし、久子の家の門の前で、とっさに水虫という嘘が口を突いて出たのも、自分の足がみにくいという劣等感からではなかろうかと、今ふと銀平の頭にひらめいた。そうすると、女の後をつけるのも足だから、やはりこのみにくさにかかわりがあるのだろうか。思いあたって銀平はおどろいた。肉体の一部の醜が美にあくがれて哀泣するのだろうか。醜悪な足が美女を追うのは天の摂理だろうか。

銀平の膝《ひざ》から脛《すね》へさすって行って、湯女は背を向けた。つまり銀平の足が湯女の目の真下にあるわけだ。

「もうよろしい。」と銀平はあわてた。長い足指の骨立った節を内にまげて縮めた。湯女が美しいひびきのこもった声で言った。

「爪《つめ》をお切りいたしましょうね？」

「爪……？　ああ、足の爪……？　足の爪を切ってくれるの？」とうろたえたのを銀平はぼかすように、

「のびてるんだろうなあ。」

湯女は銀平の足の裏に掌をあてると、猿みたいに折りまげた指をやわらかい肌《はだ》ざわりでのばしながら、

「少うし……。」

湯女の爪の切り方はやさしくていねいだった。

「君はいつでもここにいるからいいね。」と銀平は言い出した。もはやあきらめて足指は湯女にまかせていた。

「君を見たい時はここへ来ればいいわけだ。君にマッサアジしてもらいたかったら、番号を名指しすればいいんだろう。」

「はい。」

「ゆきずりの人じゃない。どこのだれとも知れぬ人じゃない。ゆきずりの時に後をつけなければ、二度と会えぬ世界に見うしなってしまう人じゃない。妙なことを言

うようだが……。」

あきらめてまかせてしまうと、むしろ足のみにくいことが温い幸福の涙を誘うようだった。片手でささえて爪を切ってくれている今のこの女にほど、銀平はみにくい足をさらしたためしはなかった。

「妙なことを言うようだが、ほんとうだよ。君はおぼえがないかね。ゆきずりの人にゆきずりに別れてしまって、ああ惜しいという……。僕にはよくある。なんて好もしい人だろう、なんてきれいな女だろう、こんなに心ひかれる人はこの世に二人といないだろう、そういう人に道ですれちがったり、劇場で近くの席に坐《すわ》り合わせたり、音楽会の会場を出る階段をならんでおりたり、そのまま別れるともう一生に二度と見かけることも出来ないんだ。かと言って、知らない人を呼びとめることも話しかけることも出来ない。人生ってこんなものか。そういう時、僕は死ぬほどかなしくなって、ぼうっと気が遠くなってしまうんだ。この世の果てまで後をつけてゆきたいが、そうも出来ない。この世の果てまで後をつけるというと、その人を殺してしまうしかないんだからね。」

銀平はつい言い過ぎて、はっと息をのんだ。まぎらわすように、

「今のは少しおおげさだが、君のその声が聞きたければ、電話もかけられるというのはありがたいよ。しかし客とちがって、君の方は不自由だね。好きなお客さんがあって、また来てほしくて心待ちしていても、来る来ないは客の勝手で、二度と来ないかもしれないからね。はかないと思うことないの？　人生ってそんなものだ。」

銀平は湯女の処女らしい背に、肩の骨が爪を切るにつれてかすかに動くのをながめた。湯女は銀平の足の爪がすむと、背を向けたまましょっとためらった。

「お手は……？」と、こちらを向いた。銀平は寝た胸に手をかざしてみた。

「手は、足ほどのびてないようだね。足ほどきたなくない。」

しかしことわったわけではないので、湯女は手の爪も切ってくれた。

湯女はよほど銀平が気味悪くなって来たらしいと銀平はわかっていた。自身にも今の不用意な言葉が気味悪く残った。追跡の極点はなるほど殺人であろうか。水木宮子はそのハンド・バッグを拾っただけで、二度と会えるかどうかもわからない。ゆきずりに別れてしまったのとひとしいようなものだ。玉木久子ともへだてられてしまって別れたまま会うこともむずかしい。追いつめて殺しておきはしなかった。久子も宮子も手のとどかぬ世界にうしなってしまったのかもしれない。

おどろくほどあざやかに久子とやよいとの顔が銀平に浮かんで来て、湯女の顔と見くらべた。

「こんなに到《いた》れりつくせりにしてもらって、二度と来ない客があったら、ふしぎだね。」

「あら、こちらは商売ですもの。」

「そんないい声で、こちらは商売ですもの、と言うのかね。」

湯女は横を向いた。銀平は恥じたように目をつぶった。合わせた目ぶたのすきまから、乳かくしが白くぼうっと見えた。

「これを取って。」と銀平は久子の乳かくしの端をつまんだものだ。久子はかぶりを振った。銀平はつかんでぐいと引いた。銀平の手のなかでゴムが縮んだ。久子はぼっとして、銀平の手の乳かくしに目をやりながら胸をあけひろげていた。銀平は右手に握りしめたものを捨てた。

銀平は目をあいて、湯女が爪を切っている、その右手を見た。久子はこの湯女よりいくつ下だったろう。二つだろうか、三つだろうか、久子も今はこの湯女のように肌が白くなっただろうか。銀平に久留米《くるめ》がすりの紺の匂《にお》いがした。銀平の少年のころのきものだが、女生徒だった久子の紺サアジのスカアトの色からの聯想である。紺サアジのスカアトに脚を入れて久子は泣き、銀平も涙が出そうだった。

銀平は右手の指の力が抜けた。湯女は左手に銀平の手をささえて、右手の鋏《はさみ》で爪を上手に切っていた。銀平の母の里のみずうみで、氷の上をやよいと手をつないで歩いて、銀平の右手の力は抜けたものだ。

「どうしたの？」とやよいは言って岸にもどった。しっかり握っていれば、あの時銀平はみずうみの氷の下にやよいを沈めたことになったのだろうか。

やよいや久子はゆきずりの人ではなく、どこのだれと知れている上につながりがあって、いつでも会える人だった。それでも銀平は後をつけ、それでも別れさせられた。

「お耳……、いたしましょうか。」と湯女が言った。

「耳？　耳をどうするの。」

「いたしましょう。おかけになって……。」

銀平は起き上って寝椅子《ねいす》に腰をかけた。湯女は銀平の耳たぶを微妙にもんだかと思うと、指を耳の穴に入れて、なかで微妙に廻《まわ》したようだった。耳のなかのにごった空気が抜けて軽くなり、ほのかな香気がこもった。微妙な小きざみの音が聞え、音につれて微妙な震動が伝わった。湯女が耳の穴に入れた指をもう一方の手で軽く打ちつづけているらしかった。銀平は不思議な恍惚《こうこつ》で、

「どうしているの？　夢のようだね。」と言って振り向いたが、自分の耳は見えなかった。湯女は腕を少し銀平の顔の方へかたむけて、指を耳に入れ直し、こんどはゆっくり廻してみせた。

「天使の愛のささやきだね。今までの耳にしみついてる人間の声を、こうしてみなぬいて、君のきれいな声だけを聞きたいね。人間の嘘も耳から消えそうだ。」

湯女は裸の銀平に裸の身を寄せて、銀平には天上の音楽をかなでた。

「おそまついたしました。」

マッサアジは終った。湯女は腰かけたままの銀平に靴下をはかせてくれ、ワイシャツのボタンをかけてくれ、足を靴に入れて紐《ひも》を結んでくれた。銀平が自分でしたのは、バンドをほどよくしめたのとネクタイを結んだのだけだった。銀平が浴室を出て冷たいジュウスを飲むあいだ、湯女はそばに立っていた。

そして湯女に玄関まで送られて夜の庭に出ると、銀平は大きい蜘蛛《くも》の巣の幻を見

た。いろいろな虫といっしょに目白が二三羽巣にかかっていた。青い羽と目のふちに可愛《かわい》く白い円があざやかに見えた。目白は羽ばたけば蜘蛛の糸がやぶれるかもしれないのに、ほっそりとつばさをつぼめて巣にかかっていた。蜘蛛は近づけば胴の皮をくちばしでやぶられそうなので、巣のまんなかで目白に尻《しり》を向けていた。

銀平は目をもっと高く暗い林の方に上げた。母の村のみずうみに遠くの岸の夜火事がうつっていた。銀平はその水にうつる夜の火へ誘われてゆくようだった。

二十万円入りのハンド・バッグを奪われた水木宮子は、警察にはとどけなかった。二十万円は宮子にとって、全く運命に関するほどの大金だったが、訴え出にくい事情もあった。だから銀平はこのことで信州くだりまで逃げ歩く必要はなかったのだと言えば言える。そして銀平を追跡して来たものがあるとすれば、それは銀平の所持する金だったろうか。金を盗んだことがではなく、金そのものが銀平を放さないで追いまわしたようなものだ。

銀平は金を盗んだにはちがいないが、ハンド・バッグが落ちたと宮子に声をかけようとしたほどだから、奪ったということにはならないかもしれぬ。宮子も銀平に奪われたとは思っていない。銀平が盗んだともはっきりきめてはいない。道のまんなかにハンド・バッグを捨てて来た時、その場にいたのは銀平一人で、まず銀平に嫌疑《けんぎ》をかけるのは当然だったが、しかし宮子は見ていたわけではないから、銀平は拾わなくて、ほかの通行人が拾ったのかもしれない。

「さち子、さち子。」と、あの時、宮子は玄関にはいるなり女中を呼んだ。「ハンド・バッグをね、落したから、さがして来てちょうだい。そこの薬屋の前よ。いそいで、駈《か》け出して。」

「はい。」

「ぐずぐずしていたら、人に拾われるわ。」

そして宮子はあらい呼吸をしながら二階にあがった。女中のたつが二階へ宮子を追って来た。

「お嬢さま、ハンド・バッグを落したんですって……？」

たつはさち子の母親である。たつが先きに来ていて、娘を呼び寄せたのだ。宮子が一人暮らしの小さい家に女中二人はいらないが、たつはこの家の弱みに食いこんで、女中以上の存在にのしあがっているのだった。たつは宮子のことを「奥さま」と呼んだり、「お嬢さま」と呼んだりする。有田老人がこの家に来ている時は、必ず「奥さま」と宮子を呼ぶ。

いつか宮子がつい打ちあけ話の気持を誘われて、

「京都の宿屋でね、係りの女中さんがね、私ひとりの時だと、（お嬢さま）と言ってくれるのよ。有田のいる時は、いくら年がちがっていても（奥さま）……。（お嬢さま）と呼ぶのは、小馬鹿《こばか》にしてるのかもしれないけれど、まあまあ可哀想《かわいそう》にという風に聞えて、私かなしくなったわ。」などと言ったものだから、「それじゃ私もそうお呼びいたしましょう。」とたつは答えて、以来その通りにしているのだった。

「しかしお嬢さま、道を歩きながらハンド・バッグを落して来るというのは、おかしいじゃありませんか。ほかに荷物があるわけじゃなし、ハンド・バッグだけをぶらさげてらしたんでしょう。」

たつは小さい目を円くして、宮子をじいっと見上げた。

たつの目は見張らなくても円いのだった。鈴を張ったような目だった。目ぶたの切れが短いとでもいうのか、小さい目で、それをまん円く見ひらいているのは、たつにそっくりのさち子の目だと、いかにも愛くるしかったが、たつのは不自然に目立ち過ぎて、むしろ不気味なように警戒心をおこさせた。事実、目を見合わせると、たつは底になにがあるかしれない目つきなのだった。たいへん薄い茶に透き通るような目の色も、かえってむしろ冷たい感じだった。

色白の顔も円くて小さかった。首は太り、胸はさらに太り、下にゆくほど太っていて、また足が小さかった。娘のさち子の小さい足の愛らしさはおどろくべきものだった。しかし、母親は足首がくびれていて、小さい足もなにか狡猾《こうかつ》なものに見えた。母も娘も小柄《こがら》だった。

たつはうなじに肉がついているから、宮子を見上げると言っても、あまり首は反れなくて、上目づかいをすることになって、立っていた宮子はなお胸のなかを見通されるようだ。

「落したものは落したのよ。」と宮子は女中を叱《しか》る口調で、

「その証拠に、ハンド・バッグがないじゃないの。」

「だってお嬢さま、すぐそこの薬屋の前で、とおっしゃったでしょう。場所がわかっていて、しかも近所では、落したということがありますの？　ハンド・バッグの

ようなものを……。」

「落したものは落したのよ。」

「蝙蝠傘《こうもりがさ》と同じで、忘れて来たということはありがちですけれど、手に持っているものを落すなんて、猿が木から落ちるより不思議ですわ。」とたつは妙なたとえを持ち出した。

「落したと気がつけば、お拾いになればよろしいじゃありませんか。」

「あたりまえよ。なにを言ってるの？　落したとたんに気がつけば、ほんとうに落したことにはならないわよ。」

宮子は外出のスウツのまま二階に上って、突っ立ったままなのに気がついた。もっとも、宮子の洋服だんすも和服のたんすも、二階の四畳半にある。有田老人が来た場合、隣りが八畳の二人の部屋で、着替えに便利だからでもあるが、それだけ下にはたつの勢力がひろがっているからでもあった。

「下へ行って、手拭《てぬぐい》をしぼって来てちょうだい。冷たい水でね。少し汗ばんでるわ。」

「はい。」

宮子はそう言えばたつが下へおりてゆくし、また裸になって汗を拭《ふ》けば、たつは二階にいないだろうと思った。

「はい。洗面器の水に冷蔵庫の氷を入れて、お拭きいたしましょうか。」とたつは答えた。

「いいわよ。」と宮子は眉《まゆ》をひそめた。

たつが階段をおりてゆくのと、玄関の戸があくのと同時だった。

「お母さん、薬屋の前から、電車通までさがしたけれど、奥さまのハンド・バッグは落ちてなかったわ。」とさち子の言うのが聞えた。

「そうでしょうとも……。お二階へ行って、奥さまに報告なさい。それで、交番にでも届けて来たの？」

「あら。届けるの？」

「ぼんやりでしようがないね。届けてらっしゃい。」

「さち子、さち子。」と二階から宮子が呼んだ。

「届けなくてもいいわよ。なにもだいじなものははいってないんだから……。」

さち子は答えなくて、たつが洗面器を木の盆にのせて二階へあがって来た。宮子はスカアトも脱いで下着になっていた。

「お背なかをお拭きいたしましょうか。」とたつはいやにていねいな言葉づかいをした。

「いいわよ。」宮子はたつにタオルをしぼらせて受け取ると、足を投げ出して足から拭きはじめて、指のあいだをぬぐった。たつが宮子のまるめた靴下をのばしてたたんだ。

「いいわよ。洗うのよ。」と宮子はタオルをたつの手もとに投げた。

さち子があがって来ると、隣りの四畳半の敷居ぎわに両手をついておじぎをしながら、

「行ってまいりました。落ちてございませんでした。」と言うのが、おかしみのある可愛さだった。

たつは宮子にたいして、いやに慇懃《いんぎん》だったり、いけぞんざいだったり、ねばねばなれなれしかったり、そのときどきでいろいろに変るが、娘にはこういう行儀作法をやかましくしつけた。有田老人が帰る時には、さち子が靴の紐《ひも》を結ぶようにしこんであった。神経痛のある有田老人は、足もとにうずくまったさち子の肩に手をつ

いて立ちあがることがあった。たつがさち子に老人を宮子から盗ませようとたくらんでいるのは、宮子もとっくに見やぶっていた。しかし、十七のさち子にたつがその旨《むね》をもう言いふくめてあるかどうかはわからなかった。さち子に香水を使わせてあった。宮子がそれに触れると、

「この子は体臭が強いですから。」とたつは答えたものだ。

「さち子に、ちょっと交番まで届けさせたらどうなんです。」とたつは追うように言った。

「しつっこいわね。」

「もったいないじゃありませんか。お金はどれくらいはいってました?」

「はいってなかったの。」と宮子は目をつぶると、その上に冷たいタオルをあてて、しばらくじっとしていた。また心臓の鼓動が早くなった。

宮子は銀行の通帳を二つ持っていた。一つはたつの名義になっていて、通帳もたつに預けてあった。この方は有田老人にかくした金だった。たつの入れ智慧《ちえ》であった。

二十万円を引き出したのは宮子の名義の通帳からだが、おろしたことはたつにも

秘密だったし、有田老人に発覚すると、二十万円の用途を問われるというおそれがあった。うかつに届け出られなかった。

二十万円は宮子にとって、若い身を半死白頭の老人にまかせ、花のひらく短い時をついやし、いわば青春の代償で、宮子の血が流れていた。それが落したとなると一瞬に失われて、宮子にはなにものも残さない。信じられないことだった。また、金を使ったということは、その金がなくなった後でも思い出せるが、金を貯《たくわ》えたということは、その金をただ失ってしまえば、思い出すのもにがにがしい。

しかし、二十万円を失う時に、宮子も一瞬の戦慄《せんりつ》がないではなかった。それは快楽の戦慄であった。宮子は後をつけて来た男がおそろしくて逃げたというよりも、突発の快楽におどろいて身をひるがえしたのかもしれなかった。

勿論《もちろん》宮子は自分がハンド・バッグを落したとは思っていない。銀平がハンド・バッグでなぐられたのやら、ハンド・バッグを投げつけられたのやら、明らかでなかったように、宮子もなぐったのか投げつけたのかはわからなかった。しかし強い手ごたえがあった。手がじいんとしびれて、腕に伝わり、胸に伝わり、全身が激痛のような恍惚《こうこつ》にしびれた。男に後をつけられて来るあいだに身うちにもやついてこもっていたものが、一瞬に炎上したようだった。有田老人の蔭《かげ》に埋もれた青春が一瞬に復活し、また復讐《ふくしゅう》したような戦慄であった。してみると宮子にとっては、二十万円をためる長い月日の劣等感がその一瞬に補償されたようなものだから、むだに失ったわけではなく、やはりそれだけ払う価《あた》いがあったのだろうか。

しかし、ほんとうは二十万円になんの関係もなかったようだ。ハンド・バッグで男を打つか、ハンド・バッグを男に投げるかした時、宮子は金のことはまったく忘れていた。ハンド・バッグが自分の手をはなれたことさえ気がつかなかった。いや、身をひるがえして逃げ出した時も思い出さなかった。この意味では、宮子がハンド・バッグを落したというのは正しい。また、男にたたきつける前から、宮子はハンド・バッグのことも、そのなかに二十万円の現金があることも、実は忘れていた。男につけられているという思いだけが心に波打ち寄せて来ていて、その波がどっとぶつかったとたんに、ハンド・バッグはなくなったのだ。

宮子はうちの玄関にはいっても、快楽のしびれが残っていて、そのままかくれるように二階へあがったわけだった。

「裸になりたいから、下へ行っててちょうだい。」

宮子は首から腕まで拭いて来ると、たつにそう言った。

「湯殿でなさったらどうです。」とたつは怪しむように宮子を見た。

「動きたくないの。」

「そうですか。しかし、薬屋の前で――電車通をこっちへはいってから、落したことは確かなんですね。やはり私はちょっと交番へ行って聞いて来ますから……。」

「どこだかわからないわ。」

「どうしてです。」

「つけられていたから……。」

宮子は早くひとりになって戦慄のあとをぬぐいたいと思っていたので、うっかり口をすべらせると、たつは円い目を光らせて、

「またですか。」

「そうよ。」と宮子は居直った。しかし言ってしまうと、快楽の名残《なご》りはすっと消えて、冷たい汗のような気味悪さだけだった。

「今日は真直《まっす》ぐ帰ったんですか。また男を引きまわして歩いたんですか。それでハンド・バッグを落したんでしょう。」

たつはまだそこに坐っているさち子を振りかえって、

「さち子、なにをぼんやりしてるの。」

さち子はまぶしそうな目をして、立ちぎわにふと片足よろめいて頬《ほお》を染めた。

しかし、宮子がよく男に後をつけられるのは、さち子も知っていることだった。有田老人にも知られていた。銀座のまんなかでも宮子は老人にささやいた。

「誰《だれ》か私の後をつけて来てますわ。」

「ええ？」と老人が振り向こうとするのを、

「見ちゃ、だめ。」

「いけないの？　どうして後をつけられてるとわかるんだ？」

「それはわかるわ。さっき前から来た、青いような帽子をかぶった、背の高い男よ。」

「気がつかないが、すれちがう時に合図でもしたのか。」

「馬鹿ね。あなたは私にただの通りすがりの人ですか、それとも私の人生にはいって来る方ですかって、聞いてみるの？」

「うれしいのか。」

「ほんとうに聞いてみようかしら……。ねえ、賭《か》けをしましょう、どこまでつけて来るか……。賭けがしたいわ。ステッキをついた御老人がいっしょじゃだめですから、あなたはそこの生地屋《きじや》にはいって、見ていてちょうだい。向うの端まで行ってここへもどるまでつけて来たら、夏の白いスウツにするのよ。麻でないのね。」

「宮子が負けたら……？」

「そう？　夜通し腕枕《うでまくら》なさっていいわ。」

「うしろ向いたり話しかけたりしちゃ、ずるいぞ。」

「勿論よ。」

　有田老人が負けるのを予想しての賭けであった。負けたところで、宮子は夜通し腕枕させてくれるだろうと、老人は思った。しかし、自分が眠ってしまっては、手枕しているかどうかもわからなくなるではないかと、老人はにが笑いしながら、男ものの生地屋へはいった。そして宮子と後をつける男とを見送っていると、不思議と若さがゆらめいた。嫉妬《しっと》ではない。嫉妬は法度《はっと》である。

　老人は家には家政婦という名目の美人がいる。宮子より十あまり上の三十代である。七十近い老人はこの若い二人に手枕されて、首を抱いてもらって、乳をふくむと、お母さんという気持になる。この世の恐怖を忘れさせてくれるものは、老人にとっても母のほかにはない。家政婦にも宮子にもおたがいの存在を知らせてあった。二人が嫉妬をすれば、老人は恐怖のあまり狂暴になって危害を加えるかもしれないし、心臓麻痺《まひ》を起して頓死《とんし》するかもしれないなどと、宮子をおどかしていた。勝手な言い分だが、老人に被害妄想《もうそう》の恐怖症はあるし、心臓の病弱なことは、宮子も老人の必要な時に、やわらかい手のひらでじっと胸をおさえてやったり、美しい頬をそっと胸に寄せてやったりするのでわかっていた。しかし梅子という家政婦は嫉妬しないわけではないらしい。有田老人が宮子の家にはいったとたんに宮子のきげんを取る日は、梅子に嫉妬されて出て来たものと、宮子は経験からなんとなく察しがついた。まだ若い梅子がこんな老人に嫉妬するのかと思うと、宮子はあさましいようで厭世《えんせい》的になるのだった。

有田老人は梅子がすこぶる家庭的だと宮子に向ってよくほめるので、宮子は娼婦《しょうふ》的なものをもとめられているのだろうと感づいてもいた。でも、老人が宮子にも梅子にも渇望《かつぼう》しているのは母性だということは、第一に明らかだった。有田の生みの母は二つの時に離縁されて、まま母が来た。老人はこの話を宮子にもくりかえして聞かせた。

「まま母でも、宮子や梅子のような人が来てくれていたら、私はどんなにしあわせだったろう。」と老人は宮子にあまえた。

「それはわかりませんよ。私だって、あなたがまま子ならいじめてやるわ。きっと憎らしい子だったんでしょう。」

「可愛い子だったよ。」

「まま子いじめされたうめ合わせに、この年になって、いいお母さまを二人もお持ちになったのだから、あなたはしあわせじゃありませんの。」といくらか皮肉に言っても、

「まったくだ。感謝している。」

なにが感謝しているだと、宮子は憤怒《ふんぬ》に似たものも感じたが、七十近い働き者の老人がこのありさまなのに、宮子は人生のなにかを学ぶところがある思いもないではなかった。

働き者の有田老人は宮子のだらけた生活にじりじりしているようだった。宮子は一人いてすることがなかった。老人を待つともなく待っているような暮らしで、若

い気力もうせてゆく。その女中のたつがなにを張り切っているのか宮子は不思議だった。老人の旅行にはいつも宮子がついて行くが、宿賃もごまかせとたつは入れ智慧する。つまり勘定書を余分につけてもらって、その分を宮子にもどしてもらえと言う。そんなことをしてくれる宿がもしあったとしても、宮子は自分があまりみじめだと思う。

「それじゃね、お茶代とチップでもはねなさいよ。お勘定をね、奥さまが次の間へ行ってなさいませ。お茶代と心づけは、うんとはずませるんですね。旦那《だんな》さまはお顔があるから出しますよ。それを、次の間へゆくまでに、三千円のものなら千円をすっと抜いて、帯のあいだか、ブラウスの胸のなかに入れてしまえば、わかりゃしません。」

「まあ、あきれた。そんなしみったれた、こまかいこと……。」

しかしたつの給料を考えてみても、それはこまかいことではないだろう。

「こまかいことじゃありませんよ。お金をつくるには、塵《ちり》もつもれば山にするほかはないんです。私たちのような女の身では……。貯金はね、日がけ、月がけですよ。」とたつは力をこめて言った。

「私は奥さまの身方です。むざむざと若い血を、おじいちゃんに吸わせておいてたまるもんですか。」

たつは有田老人が来ると声まで変ってしまうのは、水商売の女のようだが、宮子にたいしても、今などは底気味悪い声だった。宮子は薄寒くなった。しかし、たつの声や話よりも、日がけ月がけの貯金のように、あるいはその反対のように、月日のたつのは早く、宮子の体の若さが流れ去ってゆくのを思う薄寒さだった。

宮子はたつとは育ちがちがって、敗戦までは、いわゆる蝶《ちょう》よ花よとそだてられの子だったから、宿の払いまでかすめ取るようなことはさすがに考えないが、入れ智慧するたつが台所で零細にかすめ取っていることを裏書きしているようなものだと思った。かぜ薬ひとつでも、たつが買いに行くのとさち子を使いに出すのとでは、五円か十円ちがったりした。こうして塵もつもって、たつの貯金がどれほどの山になったか、娘のさち子からさぐり出してみたい好奇心もわいた。たつは娘にこづかいをくれる様子がないから、貯金帳も見せていないだろう。どうせしれたものだと、宮子は高をくっているが、たつが塵をつんでゆく、蟻《あり》のような根性には、高をくっていられなかった。とにかくたつの生活は一種の健康で、宮子は一種の病気にちがいなかった。宮子の若い美しさは消耗品であるのに、たつは自分のなにも消耗しないで生きているかのようであった。たつが戦死した夫にさんざん苦労させられたと聞くと、宮子はなにか快感をおぼえながら、

「泣かされたの？」

「泣きましたとも……。目を真赤に泣きはらさぬ日はないくらいでした。投げられた火箸《ひばし》が、さち子の首に突き刺さって、今でも小さい傷が残っておりますよ。首のうしろです。御覧になればわかります。私はその傷がなによりの証拠だと思ってるんです。」

「なんの証拠……？」

「なにって、お嬢さま、言うに言えないじゃございませんか。」

「でも、たつのような人でもいじめられたとすると、男ってやはりたいしたものね。」と宮子はしらっぱくれた。

「そうですよ。しかしまあ考えようですね。その時は狐《きつね》つきのように、亭主《ていしゅ》につかれていて、脇見《わきみ》も出来ませんでしたから……。狐が落ちてしまやいいんですよ。」

たつの言い方で、宮子は戦争に初恋の人を失った自分の少女すがたが思い出され

た。

宮子は裕福な育ちのせいか、金には恬淡《てんたん》なところもあった。今の宮子に二十万円は大金だけれども、失ったものは失ったものとしてあきらめがよかった。宮子の一家が戦争で失ったものは、このごろの二十万などとはわけがちがった。しかし無論宮子に二十万円つくる方法はなかった。必要があって銀行から引き出したので、宮子はこれにはたと当惑した。拾った人がもし届け出てくれたら、二十万円というので、新聞にも出るかもしれない。銀行の通帳もはいっていて、落し主の姓名も所番地もわかるのだから、拾った人が直接家にとどけてくれるか、警察から通知がありそうなものだ。宮子は三四日新聞にも気をつけていた。後をつけて来た男にも姓名や所番地を知られたのだと思った。やはりあの男が盗んだのだろうか。そうでなければ、あの男はハンド・バッグを拾って、あるいは拾わなくても、もっと後をつけて来るはずではないのか。それとも、ハンド・バッグで打たれて、おどろいて逃げたのだろうか。

宮子がハンド・バッグをなくしたのは、銀座で有田老人に夏の白い服地を買わせてから、一週間ばかり後だった。その一週間のあいだ、老人は宮子の家に来なかった。老人が姿を見せたのは、ハンド・バッグ事件から二日目の夜だった。

「まあ。お帰りなさいませ。」とたつはいそいそ出迎えて、濡《ぬ》れた蝙蝠傘《こうもりがさ》を受け取ると、

「お歩きなさいましたんですか。」

「ああ。いやな天気になったね。つゆかな。」

「お痛みでございますか。さち子、さち子……。」と呼んだが、

「そうそう、さち子はお風呂《ふろ》をいただいておりました。」と言うと、素足のまま飛びおりて、老人の靴《くつ》を脱がせた。

「風呂がわいてるなら、あたたまりたいね。じめじめして、今日のように季節はずれに冷えると……。」

「いけないのでございましょうね。」とたつは小さい目の上の短い眉《まゆ》をひそめた。

「まあ、とんだことをいたしました。お帰りだと思わないものですから、さち子がさきにいただいてしまって、どうしましょう。」

「いいよ。」

「さち子、さち子。すぐあがりなさい。上側《うわがわ》のお湯を、そっと汲《く》み出してね、きれ

いにね……。そこらもよく流して……。」たつは急いで行くと、湯わかしをガスにかけ、風呂のガスもつけてもどった。

有田老人はレイン・コオトのまま、足を投げ出してさすっていた。

「お風呂でさち子に少しおもませになりましたら……。」

「宮子は？」

「はあ、奥さまはニュウスを見て来るとおっしゃって……。ニュウスだけの映画館でございますから、もうお帰りになります。」

「マッサアジを呼んでくれないか。」

「はい。いつもの……。」と立ち上って、老人のきものを持って来ると、

「お風呂でお着替えなさいますね。さち子。」と、また呼んでおいて、

「では、ちょっと呼びに行ってまいります。」

「もうあがったのか。」

「はい。もう……。さち子。」

一時間ほど後に宮子が帰ると、有田老人は二階の寝床で女あんまにさすらせていた。

「痛むんだ。」と小声で言った。

「気持の悪い雨に、出かけたもんだね。もう一度風呂へはいったら、さっぱりする。」

「そうね。」

宮子はなんとなく洋服だんすにもたれて坐《すわ》った。有田老人を一週間ほど見ないうちに、顔色が白っぽくつかれているようで、頬《ほお》や手の薄茶のしみが目立っていた。

「ニュウスを、見て来ましたの。ニュウスを見ていると、生き生きしますわ。行くみちで、ニュウスはやめて、髪を洗おうと思ったんですけれど、美容院はもうしまってますから……。」と宮子は言って、今洗ったばかりらしい老人の頭を見た。

「ヘア・トニックが匂《にお》うわ。」

「さち子は香水をぷんぷんさせているね。」

「体臭が強いんだそうです。」

「ふん。」

宮子は風呂へおりて行った。頭を洗った。さち子を呼ぶと、かわいたタオルで髪をこすらせた。

「さち子、なんて可愛《かわい》い足をしてるの。」と宮子は膝《ひざ》に両肘《りょうひじ》をついていた片手をのばして、目の下のさち子の足の甲にさわった。さち子のぶるぶるふるえるのが、宮子の裸の肩に伝わった。たつの根性を受けたか、さち子は少し手癖が悪いらしいが、宮子のものは屑籠《くずかご》に捨てた口紅の使い古るしとか、歯のかけた櫛《くし》とか、落ちた毛ピンのようなものしか取らなかった。宮子の美しさに、憧憬《どうけい》し羨望《せんぼう》しているからだとは、宮子にもわかっていた。

風呂を出ると宮子は白地にあざみ模様のゆかたに羽織をひっかけて、老人の足をさすった。もし老人の家にはいることにでもなれば、老人の足をさすることが日課になるだろうかと思いながら、

「あのあんまさん、上手なんですか。」

「下手だね。うちへ来る方が上手だね。なれているし、もむのに誠意がある。」

「その人も女ですか。」

「そう。」

老人のうちでは、家政婦という梅子もあんまを日課にしているのだろうと思うと、宮子はいやになって手の力が抜けた。有田老人は宮子の指をつかんで、坐骨神経の

根本《ねもと》のつぼにあてがった。宮子の指はしなった。

「私のように、細長い指はだめなんでしょう。」

「そうかしら……。そうでもない。若い女の愛情のこもった指はいいね。」

宮子は背筋がぶるぶるとして、またつぼをはずれ、また老人に指をつかまれた。

「さち子のように、指の短い手がいいんじゃありませんの。さち子に少し稽古《けいこ》おさせになったら？」

老人はだまっていた。宮子はふとラディゲの「肉体の悪魔」のなかの言葉を思い出した。映画を見てから原作を読んだのだが、マルトは、「あたしは、あなたの一生を不幸にしたくはないんです。あたし、泣いてるの。だってあたし、あなたにはお婆《ばあ》さんすぎるんですもの。」と言う。「この愛の言葉は、子供らしい尊いものだった。これから先き、どんな情熱を感じることがあっても、けっして、十九の娘がお婆さんだと言って泣く、この純情ほどに心を動かされることはあるまい。」マルトの恋人は十六だった。十九のマルトは二十五の宮子よりもだいぶん若い。老人に身をまかせて若さの過ぎてゆく宮子は、ここを読んだ時に異常なショックを受けた。

有田老人は宮子を年よりも若いと始終言う。老人のひいき目ばかりではなく、宮子はだれからも若く見られる。しかし有田老人が宮子を若いと言うのは、宮子の若さを老人が歓喜し思慕しているからだと、宮子にも感じられる。宮子の顔の娘らしさが失われたり、からだのしまりがくずれたりすることを、老人はおそれ悲しむのだ。七十近い老人が二十五の愛人に、なおも若さを望んでいるなど、考えると奇怪で不潔のようだが、宮子は老人を責めるのをつい忘れて、むしろ老人につられて自分の若さを望んでいるかのような時もある。宮子の若さを切望する一方でまた、七十近い老人が二十五の宮子に母性を渇望《かつぼう》している。それに応じるつもりではないが、宮子は母のような錯覚をおこす時さえないではない。

宮子はうつ伏せの老人の腰を親指でおさえながら、少し乗りかかるように腕を突っ張っていると、

「腰に乗っかってみてくれないか。」と老人が言った。

「そこをやわらかく踏むんだよ。」

「私はいや……。さち子におさせになったら？　さち子は小柄《こがら》で足が小さいから、いいでしょう。」

「あいつは子供だから、恥ずかしがるよ。」

「私だって恥ずかしいわ。」と宮子は言いながら、さち子はマルトよりも二つ下、マルトの恋人よりも一つ上だと思った。それがどうしたというのか。

「賭《か》けに負けたから、いらっしゃらなかったの？」

「あの賭けか。」と老人はすっぽんのように首をまわして、

「そうじゃない、神経痛だ。」

「おうちへ来るあんまさんの方が上手だから……？」

「ふん。まあ、そういうことになるのかな。それに、賭けに負けたから、手枕《てまくら》させてもらえないし……。」

「いいわ、してあげます。」

すでに有田老人は足腰をさすらせたり、宮子の胸に顔をうずめたりするだけの方が、年にふさわしい快楽になって来ていることは、宮子もよく知っていた。宮子の家でのそういう時間を、いそがしい老人は「奴隷《どれい》解放」の時間と自分で呼んでいた。それは宮子に自分こそ奴隷の時間だと思い出させる言葉だった。

「ゆかたじゃ湯ざめするだろう。もういい。」と老人は寝がえりした。宮子が予期した通りに、手枕というのがきいた。宮子はあんまにあきていた。

「しかし、あんな、青い帽子をかぶった男に、後をつけさせたりして、どんな気持なの？」

「いい気持だわ。帽子の色なんて関係がないわ。」と宮子はわざと声を生き生きさせた。

「ただつけられるだけなら、それは、帽子の色なんかどうだっていいようなものだが……。」

「おとといも、変な男に、そこの薬屋のところまでつけられて、ハンド・バッグを落しましたの。こわかったわ。」

「なに？　一週間に二人も男がつけて来るのか。」

宮子は有田老人に手枕させながらうなずいた。老人はたつとちがって、ハンド・バッグを歩きながら落したということを別に怪しまないようだった。怪しむ余裕のないほど、宮子が男につけられることにおどろいたのかもしれなかった。老人のおどろきがいくらか宮子には快感で、そのためにからだを解放した。老人は胸に顔をつけて、あたたかいふくらみを両手でこめかみにあてると、

「私のもの。」

「そうです。」

宮子は子供のように答えてじっとしていると、老人の白毛《しらが》の頭の上で、涙があふれて来た。明りを消した。ハンド・バッグを拾ったかもしれない、あの男が宮子の後をつけようと決心した瞬間の、泣きそうにした顔が、闇《やみ》に浮かんで来た。「ああっ。」と叫んだらしい男の声が、聞えなかったけれども宮子には聞えたものだ。

すれちがって男が立ちどまって振りかえったとたん、宮子の髪の光り、耳やうなじの肌《はだ》の色に、刺すようなかなしみを誘われて、「ああっ。」と叫ぶと目がくらんで倒れそうになったのが、宮子には見ないでも見えた。聞えない叫び声を聞いて、宮子が男の泣きそうな顔をちらっと振り返った瞬間に、その男が後をつけて来ることはきまった。その男はかなしみを意識しているようだが、自分を失ったのだ。宮子は勿論《もちろん》自分を失うはずはなかったが、男から抜け出した男の影が宮子のなかへ忍んで来るように感じられたものだ。

宮子ははじめにちらっと振りかえっただけで、後はうしろを見なかったし、男の顔はおぼえてない。今も闇に、ぼんやりした顔の、ただ泣きそうにしたゆがみが浮かぶだけだ。

「魔性《ましょう》だねえ。」と有田老人はしばらくしてつぶやいた。宮子は涙がつぎつぎと流れ出ていて答えなかった。

「魔性の女かねえ。そんなにいろんな男がつけて来て、自分がこわくならないの？目に見えない魔ものが、このなかに住んでいる。」

「痛いわ。」と宮子は胸をすくめた。

花の季節に乳房が痛んで来たりしたころを宮子は思いだした。そのころの自分の無垢《むく》の裸身像が目に見えるようだ。年より若いと言っても、すっかり女のからだになってしまっている。

「意地悪いこと、おっしゃるのね。そんなの神経痛だわ。」と宮子はでたらめを言い返した。素直な娘が意地悪な女になったと、宮子はからだの変りようにつれて思ったからだ。

「なにが意地が悪い。」と有田老人はまともに受けて、

「男につけさせて、おもしろいの？」

「おもしろくありません。」

「いい気持だと言ったじゃないか。私のような老人とつきあっている、鬱憤《うっぷん》か復讐《ふくしゅう》なんだろう。」

「なにに復讐するんですの。」

「さあ、あんたの人生か、不運にだね。」

「いい気持にしたって、おもしろくないにしたって、そんな簡単なものじゃありませんわ。」

「簡単じゃないな。人生に復讐するって、簡単なことじゃない。」

「それなら、あなたは私のような若い女とつきあって、人生に復讐していらっしゃるの？」

「ううん？」と老人はつまったが、

「復讐なんてものじゃない。強《し》いて復讐というなら、私は復讐される側だろうし、復讐されている方かもしれないよ。」

宮子はよく聞いていなかった。ハンド・バッグを落したと言ったからには、大金がはいっていたと打ちあけて、有田老人に補償してもらおうかと考えていた。それにしても二十万円は多過ぎる。金額をいくらにしたものだろうか。いずれは老人にもらった金にしろ、宮子の貯金なのだから、どうしようと勝手だろうし、弟を大学に入れるための金だったと言えば、むしろ老人に頼みやすい。

宮子は小さい時から弟の啓助《けいすけ》と男女がかわればよかったと言われたものだ。しかし有田老人にかこわれてから、希望を失ったせいか、怠けぐせがつき、気が弱くなった。「器量の穿鑿《せんさく》するは妾者《てかけもの》のことなれば、本妻には沙汰《さた》なき儀もっともぞかし。」というような昔の言葉をなにかの本で読んでも、宮子は目の前が暗くなるほどのかなしみを感じた。美貌《びぼう》の誇りさえ失った。男に後をつけられる時は、その誇りがふき上がるのかもしれなかった。しかし男がつけて来るのは美貌のせいばかりでないことは、宮子自身もわかっていた。有田老人の言うように、魔性を発散しているからかもしれなかった。

「しかし、あぶないねえ。」と老人は言った。

「鬼ごっこという遊びがあるが、男にたびたびつけられるなんて、悪魔ごっこじゃないの？」

「そうかもしれませんわ。」と宮子は神妙に答えて、

「人間のなかに人とちがった魔族というようなものがいて、別の魔界というような

ものがあるのかもしれませんわ。」

「それをあんたは自覚してるの？　こわい人だね。怪我《けが》をするよ。尋常の最期《さいご》を遂げないよ。」

「私のきょうだいには、そんなところがあるんでしょうか。女の子のようにおとなしい弟だって、遺書を書いたりするんですもの。」

「どうして……。」

「つまらないことなの。弟のなかのいいお友だちと、いっしょの大学へはいりたいのに、自分はゆけないというだけのこと……。この春でしたわ。その水野さんというお友だちは、おうちもいいし、頭もいいんですの。入学試験の時に、もし出来るなら、教えてあげるし、答案を二枚書いてもいいとまで言ってくれたんですの。弟も成績は悪くないんですけれど、臆病《おくびょう》ですから、いざとなると試験場で脳貧血をおこしそうだとこわがっていて、ほんとうに脳貧血をおこしたんですの。試験に通っても、入学するみこみがないので、なおおびえたんですわ。」

「そんな話は、今までしなかったじゃないか。」

「お聞かせしても、しかたがないんですもの。」

宮子は間《ま》をおいて話しつづけた。

「水野という子はよく出来るから問題はないけれど、母は弟を入学させるのにお金を使いましたわ。弟の入学のお祝いに、私も上野で夕飯を食べさせて、それから動物園の夜桜を見に行ったの。弟と、水野さんと、水野さんの恋人と……。」

「へええ？」

「恋人と言っても、まだ十五よ、満で……。夜桜の動物園でも、私、男につけられたわ。奥さんや子供づれなのに、家族をほっておいて、私をつけて来るんですもの。」

有田老人はよほどおどろいたらしく、

「どうしてそういうことをするんだ。」

「するんだって……、私は水野さんと恋人とがうらやましくて、かなしそうにしていただけなんですもの。私のせいじゃないわ。」

「いや、あんたのせいだ。楽しんでるじゃないか。」

「ひどいわ。楽しんでなんかいないわ。ハンド・バッグをなくした時だって、私はこわくなって、ハンド・バッグで男をなぐりつけたんですもの。投げつけたのかもしれないわ。夢中だったから、よくわからないの。ハンド・バッグには、私としては大金がはいっていたんです。弟を大学に入れるお金を母が父のお友だちに借りて、困ってましたから、母にあげようと思って、銀行から出して来た帰りみちだったの。」

「いくらはいってたの。」

「十万円。」と宮子はとっさに思いがけなく半分に言って、はっと息をのんだ。

「ふうん、それは大金だね。その男に取られてしまったというわけ……？」

宮子は闇のなかでうなずいた。宮子の肩がぴくっとして、胸がどきどきしているのは、老人の感触にも伝わった。しかし宮子は金高を半分に言ったことに、なお屈辱を感じていた。なにか恐怖をまじえたような屈辱だった。老人の手がやさしく宮子を愛撫《あいぶ》した。半額だけは補償されたと思ったが、宮子はまた涙がこぼれた。

「泣かなくてもいい。しかし、そんなことをくりかえしていると、今に大怪我をするよ。男につけられることで、あんたの言ってることは、前後矛盾だらけじゃないか。」と有田老人はおだやかにとがめた。

宮子の腕の上で老人は寝入った。しかし宮子は眠れなかった。さみだれは降りつづいていた。寝息だけ聞いていると、有田老人の年はわからぬようだった。宮子は腕を抜き取った。その時にもう一方の手で老人の頭をそっと持ち上げたけれども、目をさまさなかった。この女ぎらいの老人が女のそばで、むしろ女を頼りにして、すやすや眠っているのが、老人の今の言葉を使うと、宮子は矛盾に思われ、それにつれて自分がいまわしくなるのだった。有田老人が女ぎらいなのは、言わず語らずのうちに、宮子もよくわかっていた。老人のまだ三十代に、妻が嫉妬《しっと》し、自殺してから、女の嫉妬のおそろしさが骨身にしみてか、女が少しでも嫉妬のけぶりを見せると、さっと千里も遠くへ離れたようになる。宮子は自尊心からも、自棄心からも、有田老人に嫉妬などしないつもりだが、女のことだからつい嫉妬めいた失言をすると、その宮子の嫉妬も凍ってしまうほど、老人はいやな顔を見せる。宮子は索莫《さくばく》となる。しかし、老人の女ぎらいは、女の嫉妬のせいばかりではなさそうだった。すでに老いたからでもなさそうだった。根が女ぎらいの人に、女がなにを嫉妬することがあろうと、宮子はあざ笑ってみたりするが、有田老人と自分との年を考えると、老人が女ぎらいとか女ずきとか言うのからしておかしいのだった。

宮子は弟の友だちとその恋人とをうらやましく思い出した。水野に町枝という恋人のあることは、宮子も啓助から聞いていたが、弟たちの入学祝いの日に、宮子ははじめて町枝を見た。

「あんな清らかな少女はいないね。」と啓助は前に町枝のことを話していた。

「十五で愛人があるなんて、ませてるじゃないの。でも、そうね、十五と言っても、数えだと十七ね。今の子は、十五で愛人がいたりして、とくだわね。」と宮子は言いなおすように言っておいて、

「だけど、啓ちゃん、女のほんとうの清らかさなんて、あんたにわかるの？　ちょっと見ただけで、わかりゃしないでしょう。」

「わかるさ。」

「どんなのが女の清らかさか、言ってみて。」

「そんなこと言えやしないじゃないか。」

「啓ちゃんがそう見るから、そうなんでしょう。」

「姉さんだって、あの人を見ればわかるよ。」

「女は意地が悪いわよ。啓ちゃんのようにあまくないから……。」と言ったのを啓助はおぼえていたせいか、宮子が母の家で町枝にはじめて会った時、水野よりも啓

助の方が顔を赤らめてどぎまぎした。宮子は自分の家へ弟の友だちを来させるわけにはゆかないので、母の家で落ち合うことにしたのだった。

「啓ちゃん、姉さんもあの子を認めるわ。」と宮子は奥で啓助に新しい大学の服を着せかけながら言った。

「そうか。あれっ、靴下《くつした》が後になっちゃった。」と啓助は腰を落した。宮子もアコオデオン・プリイツの紺のスカアトをひらいて、その前に坐《すわ》った。

「姉さんも水野を祝福するだろう。それで町枝さんもつれて来いと言ったんだ。」

「ええ、祝福するわ。」

啓助も町枝が好きなのではなかろうかと、宮子は心弱い弟がいじらしかった。

「水野の家ではおそろしく反対なんだよ。それで町枝さんの家に手紙を出したんだって……。手紙の文句が無礼だというんで、町枝さんの家でもかんかんに怒ってるらしいよ。今日だって、町枝さんはこっそり来ているんだ。」と啓助は勢いこんで言った。

町枝は学生らしいセエラアを着ていた。啓助に入学のお祝いだと言って、スウィトピイの小さい花束を持って来ていた。啓助の机の上のガラスの花瓶《かびん》に入れてあった。

上野公園の夜桜を見るつもりで、宮子は上野のシナ料理屋へ誘ったのだが、公園は人ごみでどうしようもなかった。桜の木もつかれて、花枝がのびていなかった。それでも電燈の光りで花の色は濃く、桃色に見えた。町枝は無口なたちなのか、宮子をはばかっているのか、あまり話をしなかったが、自分の家の庭で、さつきの刈りこみの上に、桜の花びらがいっぱい散っているのが、朝起きた目にきれいだと言った。また啓助のうちへ来るみちで、堀端《ほりばた》の桜の並木の花のなかに、半熟卵の黄味のような夕日が浮かんでいたなどと言った。

清水堂の横の、ここは人通りも少く小暗《おぐら》い石段をおりながら、宮子は町枝に話した。

「私が三つか四つの時かしら……。紙の鶴《つる》を折って、お母さんとこのお堂につるしに来たのをおぼえてるわ。父の病気が治るようにね。」

町枝はだまっていたが、宮子といっしょに石段の途中に立ちどまって清水堂をながめた。

博物館に突きあたる正面の道は、人ごみで歩けなくて、動物園の方へそれた。東照宮の参道の脇《わき》に、かがり火をたいているので、その石だたみの道にあがった。参道にならんだ石燈籠《いしどうろう》がかがり火で黒い影になって、その上に桜が咲きつらなっていた。燈籠の裏手の空地には、花見客が幾組も車座をつくって、その真中にそれぞれ蠟燭《ろうそく》をともしながら酒盛りをしていた。

酔っ払いがよろけて来るたびに、水野は楯《たて》になって、うしろに町枝をかばった。啓助は二人から少し離れて、酔っ払いと二人とのあいだに立ちどまって、二人を守るかのようだった。宮子は啓助の肩につかまって酔っ払いをよけながら、啓助にこんな勇気があるのかと思った。

かがり火の光りを受けると町枝の顔はなお美しく浮かび出た。生真面目《きまじめ》に口を結んで聖少女のような頰《ほお》の色に見えた。

「お姉さま。」と町枝は言って、いきなり宮子の背に吸いつくようにかくれた。

「どうなさったの。」

「学校のお友だち……。お父さまといっしょだわ。うちのすぐ近くの方。」

「町枝さんでもかくれるの？」と言いながら宮子は町枝といっしょに振りかえると、なんとなく町枝の手を取った。その手が離せなくなって、そのまま歩いた。町枝の手に触れたとたんに、宮子はあっと声を立てそうだった。女同士だけれども、なんというこころよさだろう。なめらかにうるおった手の肌ざわりだけでなく、少女の美しさが宮子の胸にしみとおって来て、

「町枝さん、おしあわせそうね。」と言うほかはなかった。

町枝はかぶりを振った。

「あら、どうして？」と宮子はおどろいたように町枝の顔をのぞきこんだ。町枝の目はかがり火にきらきらしていた。

「あなたにも、ふしあわせなことがあるの？」

町枝はだまっていた。手をはなした。宮子は女同士で手をつないで歩くことなど幾年ぶりだろうかと思った。

宮子は水野にはたびたび会ってもいるので、その夜は町枝に目をひかれていたものだった。町枝を見ていると、宮子は一人で遠くへ行ってしまいたいような愁《うれ》えを感じた。道で町枝にすれちがったとしても、うしろ姿を長く振りかえっているかもしれなかった。男が宮子の後をつけて来るのは、こんな感情の強烈なものなのだろうか。

台所で瀬戸物の落ちるか倒れるかの音に、宮子は自分にかえった。今夜もまた鼠《ねずみ》が出て来た。宮子は台所へ起き出して行こうかと迷った。鼠は一匹ではないらしい。三匹もいるかもしれない。鼠のからだがつゆの雨にぬれているように思えて、宮子は洗い髪に手をやると、その冷たさをそっとおさえていた。

有田老人が胸苦しそうに動いた。その身もだえが激しくなった。またかと宮子は眉《まゆ》をひそめて、からだを遠ざけた。老人は始終うなされる。宮子はなれていた。老人は絞め殺される人のように肩を大波打たせながら、腕でなにかを振り払って、宮子の首を強くたたいた。うなり声がつづいた。揺り起してやればいいのだが、宮子はじっとからだを固くしていると、いくらか残忍な気持が湧《わ》いて来た。

「ああっ。ああっ。」と老人はわめきながら手を泳がせて、夢のなかで宮子のからだをさがしもとめた。宮子に強くすがりつきさえすれば、目をさまさずに静まることもある。しかし今夜は自分の悲鳴で目をさました。

「ああ。」と老人は頭をゆすってから、ぐったりと宮子に寄り添った。宮子はやさしげにからだをやわらげた。毎度のことで、

「うなされてらしたわ。こわい夢をごらんになったの?」とも言わない。しかし老

人は不安そうに、

「なにか言わなかったか。」

「おっしゃらないわ。うなされてらしただけよ。」

「そうか。あんた、ずっと起きてたの？」

「起きてたの。」

「そうか、ありがとう。」

老人は宮子の腕を首の下にひっぱりこんだ。

「つゆどきはなおいかん。あんたの眠れないのも、つゆのせいだよ。」と老人は恥じるように、

「私が大きな声を出して、あんたを起したのかと思った。」

「寝ていたって、いつも起きてあげるじゃないの？」

有田老人のわめき声は、下に寝ているさち子も目をさましたほどだった。

「お母さん、お母さん、こわいわ。」とさち子はおびえてたつにしがみついた。たつは娘の肩をつかんで押しはなしながら、

「なにがこわいもんですか。だんなさまじゃないか。こわがっているのはだんなさ

まだよ。あれがあるんで、だんなさまは一人でよう寝ないんだよ。旅行にも奥さまをつれて行って、だいじになさってるんじゃないか。あれがなければ、女っていう年でもないよ。悪い夢を見てなさるだけで、ちっともこわくないんだからね。」

坂道で子供が六七人ふざけていた。女の子もまじっている。おそらく小学校に入学前の子供たちで、幼稚園の帰りかもしれない。そのうちの二三人は棒きれを持ち、ない者は持ったつもりで、みな腰をかがめて杖《つえ》にすがる身ぶりをしながら、「じいさん、ばあさん、腰抜かし……。じいさん、ばあさん、腰抜かし……。」と歌いはやして、よろめき歩いていた。はやし言葉はそれだけしかなく、それだけをくりかえしつづけて、なにがおもしろいのか、ふざけるというよりも、むしろ自分の所作に魅入られたような真剣さである。しだいに身ぶりが大きく強くなってゆく。一人の女の子がよろめき過ぎて倒れた。

「わあっ、いたい、いたい。」とその女の子は老婆《ろうば》のしぐさで腰をさすったが、また起き上ると、

「じいさん、ばあさん、腰抜かし……。」の合唱に加わった。

坂の上は高い土手につきあたって、土手には若草が萌《も》え、松が不規則に散らばっていた。松はそう大きくないが、昔の襖《ふすま》か屏風《びょうぶ》の絵の松のような枝ぶりで、春の夕空に浮かんで見えた。

子供たちはその夕空の方へ坂道のまんなかをよろけながらのぼって行った。いくらよろけ歩いていても、子供たちをおびやかす車はめったに通らないし、人影もまれな道だった。東京の屋敷町にはこんなところがないではない。

この時も、柴犬《しばいぬ》をひいた少女が一人、坂の下からあがって来るだけだった。いや、もう一人、桃井銀平がその少女の後をつけていた。しかし銀平は少女に没入して自己を喪失していたから、一人と数えられるかは疑問である。

少女は片側のいちょうの並木の葉かげを歩いていた。並木は片側にしかない。歩道も並木のある片側にしかない。反対の側は、道のアスファルトからいきなり石塀《いしべい》が立っている。大きい屋敷の石塀で、坂の下から上までつづいている。並木のある側は戦争前の貴族の屋敷で奥深く広い。歩道の脇に深い溝《みぞ》があって、石崖《いしがけ》がつまれている。城の堀を小さく真似《まね》た形かもしれない。溝の向うはゆるやかに盛りあがっていて、小松が植えこんである。その松も前には手入れのゆきとどいていたらしい名残《なご》りをとどめている。小松の群の上に白い塀が見える。塀は低く瓦《かわら》の屋根がある。いちょうの並木はかなり高くそびえて、芽ぶいたばかりのこまかい葉は、枝さきをかくすほどしげってもいないし、まだ薄いから、その高さや向きのちがいによって、夕日の光りを淡く濃く通しながら、少女の上に若いみどりだった。

少女は白い毛糸のセエタアを着て、ごつい木綿のズボンをはいていた。灰色のこすれたようなズボンの裾《すそ》は折りかえして、そこに赤の格子《こうし》があざやかだった。この短めのズボンとズックの運動靴《ぐつ》とのあいだに、少女の白い足がのぞいていた。髪は無造作にたばねて下げて、耳から首の色白なのが美しかった。犬がひき綱をひくので肩は傾いていた。この少女の奇蹟《きせき》のような色気が銀平をとらえてはなさなかった。赤い格子の折りかえしと白いズックの靴とのあいだに見える、少女の肌の色からだけでも、銀平は自分が死にたいほどの、また少女を殺したいほどの、かなしみが胸にせまった。

銀平は古里の昔のやよいを思い出し、かつての教え子の玉木久子を思い出したが、この少女の足もとにもよれないと今は感じられた。やよいは色白だったが、かがやく肌ではなかった。久子の肌は浅黒く光っていたが、色によどみがあった。この少女のような天上の匂《にお》いはなかった。またやよいと遊んでいたころの少年の銀平、久子と近づいていたころの教師の銀平にくらべて、現在の銀平はうらぶれ、心もやぶれていた。春の夕だのに銀平は寒風のなかでのように、衰えた目ぶたに涙がにじみそうで、わずかな上り坂に息切れがした。膝《ひざ》から下がだるくしびれて、少女に追いつくことは出来なかった。銀平はまだ少女の顔を見ていない。せめて坂の上まで少女とならんで歩いて、犬の話でもしてみたいと思うのだが、その機会はこの時にしかなく、しかもその機会がここにあるとは信じられないようだった。

銀平は右の手のひらをひろげて振った。歩きながら自分を叱咤《しった》する時のくせだが、まだなまあたたかい鼠の死骸《しがい》、目をむき口から血をたらした鼠の死体を握った触感がよみがえったからでもあった。みずうみのほとりのやよいの家に、日本テリヤがいて、台所で取った鼠だった。犬は鼠をくわえたものの処置に迷ったらしく、そのまま突ったっていて、やよいの母がなにか言って頭をたたくと素直にはなした。しかし鼠が板の間に落ちると、また飛びかかろうとする犬を、やよいが抱き上げて、「よし、よし。えらいわねえ、えらいわねえ。」となだめた。そして銀平に命令した。

「銀ちゃん、その鼠をどけてちょうだい。」

銀平があわてて鼠を拾うと、口から出た血が板の間にひとしずくほど落ちていた。鼠のからだの温いのが気味悪かった。目をむいていると言っても、鼠の可愛《かわい》い目だった。

「早く捨てて来てちょうだい。」

「どこへ……?」

「みずうみがいいわ。」

銀平はみずうみの岸で、鼠のしっぽをぶらさげて力いっぱい遠く投げると、闇夜《やみよ》のなかに、とぼんとさびしい水音がした。銀平は逸散《いっさん》に逃げて帰った。やよいは母の兄の子じゃないかと、くやしくてならなかった。銀平は十二か十三だった。鼠におびやかされる夢をみた。

一度鼠を取ったテリヤは、ひとつおぼえのように、毎日台所をねらっていた。人間がなにか犬に言うと、すべて鼠と聞えるらしく、台所へすっ飛んで行った。姿が見えないと思うと、きまって台所の隅《すみ》にいた。しかし猫《ねこ》のようなわけにはいかない。

鼠が棚《たな》から柱をのぼってゆくのを見上げて、テリヤはヒステリックに鳴き立てた。まるで鼠につかれて神経衰弱になっているようだった。目の色まで変った犬にも、銀平は憎悪《ぞうお》を感じた。やよいの針箱から赤い糸のついた縫針を盗み出すと、日本テリヤの薄い耳に突き通してやろうと思って折りをうかがった。この家を出てゆく時がいいだろう。後で騒ぎになって、縫針のついた赤い糸が犬の耳に通っていれば、やよいのしわざと疑われるかもしれない。しかし銀平が犬の耳に針を突き立てると、悲鳴をあげて逃げ出してしまって、ものにならなかった。銀平はその縫針をポケットにかくして、自分の家へもどった。紙にやよいと犬の絵をかいて、その赤い糸で幾針にも縫い、机のひきだしに入れておいたものだ。

犬をつれた少女と犬の話でもしてみたいと考えると、あの鼠を取った犬が思い出される。犬ぎらいの銀平には犬のいい話などないのだった。少女のつれた柴犬も近づけば食いつきそうな気がした。しかし、銀平が少女に追いつけないのは無論犬のせいではなかった。

少女は歩きながら身をかがめて、柴犬の首輪からひき綱をはなした。解放された犬は少女の前方へ駈《か》け出し、こんどはうしろへ駈けもどると、少女の横を通り越して、銀平の足もとへ飛んで来た。銀平の靴の匂いをかいだ。

「わあっ。」と銀平は叫んでおどり上った。

「ふく、ふく。」と少女が犬を呼んでいた。

「わああ、助けて下さい。」

「ふく、ふく。」

銀平は血の気を失っていた、犬は少女のところへもどった。

「ああ、こわかった。」と銀平はよろけてしゃがんだ。このしぐさは少女の注意をひくための誇張であったが、銀平はほんとうにくらくらとして目をつぶった。動悸《どうき》がはげしく吐きそうだった。額をおさえながら薄目をあけると、少女は犬にひき綱をつけて、後も見ないで坂をのぼっていた。銀平ははらわたの煮えるような屈辱を感じた。あの犬が靴の匂いをかいだのは、銀平の足のみにくさを知ってにちがいないと思えた。

「畜生、あの犬の耳も縫ってやる。」とつぶやいて、銀平は坂を走りのぼった。しかし怒りの力は少女に追いつく前に抜けてしまった。

「お嬢さん。」と銀平はかすれた声で呼んだ。

少女は首だけまわして振りかえる時に、束ねて垂れた髪がゆれて、そのうなじの美しさに、銀平の真青な顔は燃えた。

「お嬢さん、可愛い犬ですね。なに種ですか。」

「柴犬です。」

「どこの柴犬ですか。」

「甲州です。」

「お嬢さんの犬ですか。やはり毎日時間をきめて、散歩させてやるんですか。」

「ええ。」

「散歩はいつもこの道ですか。」

少女は答えなかったが、銀平をさほど怪しむ風もなかった。銀平は坂の下を振りかえった。少女の家はどれだろう。若葉のなかに平和で幸福な家庭がありそうだった。

「この犬は鼠を取りますか。」

少女は笑いもしなかった。

「鼠を取るのは猫でしたね。犬は鼠を取りませんね。しかし、鼠を取る犬だっていますよ。昔僕《ぼく》のうちにいたのは鼠を取るのが上手でしてね。」

少女は銀平を見てもくれなかった。

「猫とちがって犬だから、鼠を取っても食いませんね。僕はまだ子供で、その鼠を捨てにゆくのがいやでたまらなかったですねえ。」

銀平はわれながらいやな話をすると思いながら、口から血をたらした鼠の死骸が目に浮かんで来た。食いしばった白い歯も少しのぞいている。

「日本テリヤという種類でしたがね、まがった細い足をぶるぶるふるわせているようなやつで、僕はきらいでした。犬にも人間にも、いろいろあるものですね。こうやって、お嬢さんと散歩する犬はしあわせだなあ。」と言うと、銀平はさっきのおそれも忘れたか、身をかがめて犬の背をなでそうにした。少女はとっさにひき綱を右手から左手に持ちかえて、銀平の手から犬を避けさせた。銀平は目のなかに犬の流れるのを見ながら、少女の足に抱きつきそうな衝動をあやうくおさえた。少女は毎日夕方犬をつれて、この坂道のいちょう並木のかげをのぼって来るにちがいない。狼藉《ろうぜき》土手の上にかくれて、その少女を見ようという希望が、銀平にふっとわいて、狼藉《ろうぜき》を思いとどまらせたのだった。銀平はほっとした。裸で若草に横たわっているようなみずみずしさを感じた。土手の上の銀平の方へ、少女は永遠にこの坂道をのぼって来る。なんというしあわせだろう。

「失礼しました。可愛い犬で、僕も犬が好きなものですから……。ただし、鼠を取る犬はきらいですよ。」

少女にはなんの反応もなかった。坂道が土手につきあたって、少女と犬は土手の若草をのぼって行った。土手の向う側から男の学生が立って来た。少女の方から先きに手を出して学生の手を取ったので、銀平は目がくらむほどおどろいた。犬の散歩にかこつけて、あの少女あいびきをするのか。

少女のあの黒い目は愛にうるんでかがやいていたのかと、銀平は気がついた。とつぜんのおどろきに頭がしびれて、少女の目が黒いみずうみのように思えて来た。その清らかな目のなかで泳ぎたい、その黒いみずうみに裸で泳ぎたいという、奇妙な憧憬《どうけい》と絶望とを銀平はいっしょに感じた。銀平はしょんぼり歩いて行ったが、やがて土手にのぼると、若草の上に寝ころんで空を見た。

学生は宮子の弟の友だちの水野、少女は町枝だった。宮子が弟や水野の入学祝いに町枝も呼んで、上野の夜桜を見に行った、その十日ほど前のことだった。

水野にも町枝の黒い目のぬれたような光りは美しかった。黒いひとみが目のなかいっぱいにひろがったようだった。水野は吸いこまれるように見とれて、

「朝ね、町枝さんがぱちっと目をさます時の、町枝さんの目が見たいな。」と言った。

「その時、どんないい目をしてるの？」

「きっと、ねむそうな目をしてるわ。」

「そんなことないでしょう。」と水野は信じなかった。

「僕はぱっと目がさめた時に、もう町枝さんに会いたいと思うんだ。」

町枝はうなずいた。

「今までは、目がさめてから二時間以内に、学校で町枝さんが見られた。」

「起きてから二時間以内にって、いつかも話したわ。あれから私も朝起きると、二時間以内と思ったわ。」

「それじゃねむそうな目なんかしてないよ。」

「どうだか知らないわ。」

「こんな黒い目の人がいて、日本はいい国だ。」

その黒い濃い目が眉《まゆ》や脣《くちびる》までをなお美しくしていた。髪の毛も目の色と映り合ってつやをましているようだった。

「犬を散歩させると言って、うちを出て来たの？」と水野はたずねた。

「言わないけれど、犬をつれているし、恰好《かっこう》を見たってわかるでしょう。」

「町枝さんの家の近くで会うのは冒険だね。」

「うちの人をだましているのがつらいわ。犬がいなかったら、出て来られないし、出て来ても、きまりの悪い顔をして帰って、すぐにわかってしまうわ。でも、私のうちより水野さんのおうちの方が、ゆるして下さりそうにないんでしょう？」

「そんな話はよそう。二人ともうちから出て来て、うちへ帰るんだもの、ここでうちのことを思い出したってつまらないよ。犬の散歩に出て来たんだから、こうして長くはいられないんだろう。」

町枝はうなずいた。二人は若草に腰をおろした。水野は町枝の犬を膝《ひざ》に抱いた。

「ふくも水野さんをおぼえたのね。」

「犬ものを言えたら、うちでしゃべって、明日から会えなくなるね。」

「会えなくても私は待っているからいいわ。私はどうしても水野さんの大学へ行くの。そうすればまた、起きてから二時間以内でしょう？」

「二時間以内か……？」と水野はつぶやいて、

「二時間も待たなくてもいいように、きっとなる。」

「うちの母は早過ぎると言って、信用しないの。でも私は早過ぎてしあわせだと思うわ。もっともっと小さい時に、水野さんに会いたかったわ。中学校の時でもいいし、小学校の時でもいいし、どんな小さい時でも水野さんに会ったら、きっと好きになったと思うの。私は赤んぼの時から、この坂をおんぶされて、この土手の上で遊ばせられたのよ。水野さんは小さい時に、この坂を通ったことがないの？」

「通ったことがないようだね。」

「そう？　私は赤んぼの時に、この坂で水野さんに会ったのじゃないかと、よく思うの。それでこんなに好きになったのじゃないかしら……。」

「この坂を小さい時に通ればよかったね。」

「小さい時は私を可愛いと言って、この坂で、よく知らない人に抱っこされたのよ。今よりずっと大きく円い目をしていたの。」と町枝は大きい黒目を水野に向けて、

「このあいだ、方々の中学の卒業式のころね。坂の下を右へ行くと堀で、貸しボオ

トがあるでしょう。犬をひいて通ると、今年中学を出たらしい男の子や女の子が、卒業証書を円く巻いて、手に持って、ボオトに乗っているのよ。お別れの記念にボオトをこいでいると思って、うらやましかったわ。卒業証書を手に持って、橋の欄干にもたれながら、お友だちのボオトを見ている女の子もあったの。私は中学を卒業する時には、まだ水野さんを知らなかったわ。水野さんはほかの女の子と遊んでいたんでしょう。」

「女の子なんかとは遊ばなかったよ。」

「そうかしら……？」と町枝は首をかしげた。

「温くなってボオトの浮かぶ前は、堀に氷が張って、鴨《かも》がたくさんおりているのよ。氷にのっている鴨と水に浮いている鴨と、どちらが寒いかしらと考えたのをおぼえているわ。鴨の猟があるので、昼間はここへ逃げて来ていて、夕方になると田舎の山かみずうみに帰るんですって……。」

「そう？」

「向うの電車通をメエデエの赤旗が通るのも見たわ。いちょうの並木は若葉でしょう、そのあいだを赤旗がならんで行くのは、ただきれいだと思っていたわ。」

二人のいる下は、堀がうずめられて、夕方から夜はゴルフの練習所になっている。その向うの電車通にはいちょうの並木があって、まだ若葉の下に黒い幹が目立っている。その上の夕空が桃色のもやにつつまれて来た。水野の膝の犬の頭をなでる町枝の手を、水野が両のたなごころのなかにつつんだ。

「僕はここで町枝さんを待っているあいだ、静かな手風琴《てふうきん》の歌を聞いているようだったな。目をつぶって寝ころんでいたんだ。」

「どんな歌……?」

「そうだな。君が代のような……。」

「君が代?」と町枝はおどろいて、水野に寄り添って来た。

「君が代って、水野さんは兵隊にゆかなかったじゃないの?」

「ラジオで毎晩おそく、君が代を聞くからかね。」

「私は毎晩、水野さん、おやすみなさいって言うのよ。」

町枝は銀平のことは水野には言わなかった。変な男に話しかけられたというほどにも、町枝は感じていなかった。もう忘れていた。銀平が若草に寝そべっているのは、見れば見えるのだが、見たところで、それがさっきの男とは気がつかないだろう。銀平の方は二人を見ないではいられなかった。土の冷たさが銀平の背にしみて来た。冬オウバアとあいのオウバアとの中間の季節だろうが、銀平はオウバアを着ていなかった。銀平は寝がえりをして、町枝たちの方に体を向けた。銀平には二人の幸福がうらやましいというよりも呪《のろ》わしかった。しばらく目をつぶると、二人が燃える炎に乗って水の上をゆらゆら流れているような幻が浮かんだ。二人の幸福がつづかぬ証拠のように思えた。

「銀ちゃん、叔母さんはきれいねえ。」と言うやよいの声が銀平に聞えて来た。銀平はやよいとみずうみの岸で、山桜の咲く下にならんで坐《すわ》っていた。花の影が水にうつって小鳥の鳴くのが聞えた。

「叔母さんのものを言う時に、叔母さんの歯の見えるのが好きだわ。」

あんなに美しい人がなぜ銀平の父のような醜い男のところへ嫁にいったかと、やよいはあやしんでいるのだろうか。

「お父さんは叔母さんと、きょうだいが二人きりでしょう。銀ちゃんのお父さんはなくなったのだし、叔母さんが銀ちゃんをつれて、うちへもどって来ればいいって、お父さんは言ってるわ。」

「いやだよ。」と銀平は言って顔を赤らめた。

母をうしなうように思えていやなのか、やよいと同じ家にいられるよろこびをはにかんだのか、その二つともかもしれなかった。

そのころ銀平の家には、母のほかに祖父母と、そして父の姉が出もどっていた。父は銀平が数えで十一の時に、みずうみで死んだ。頭に傷があったので、誰《だれ》かに殺されて、投げこまれたとも言われた。水をのんでいたから、溺死《できし》ということになったが、岸べで誰かと争って突き落された疑いもあった。やよいの家では、銀平の父がわざわざ妻の里の村へ来て自殺しなくてもいいだろうと、なにかつらあてをされたように憎んだ。十一の銀平は父が人手にかかって死んだのなら、そのかたきを見つけずにおくものかと、かたい決心をしたものだ。母の里の村へ行くと、父の死体のあがったあたりで、萩《はぎ》のしげみのなかに身をひそめて、通る人を見張っていたりした。父を殺した男は平気でそこを通れないだろうと考えた。一度、牛をつれた男が通って、そこで牛のあばれたことがあった。銀平は息がとまった。白い萩の咲いていたこともあった。銀平はその花を折って帰って、本のなかへ押花にして、仇討《あだう》ちを誓った。

「お母さんだって、帰るのはいやなんだ。」と銀平はやよいに強く言った。

「お父さんがこの村で殺されたんだもの。」

やよいは銀平の真青な顔を見ておどろいた。

みずうみの岸に、銀平の父の幽霊が出るという村人のうわさを、やよいはまだ銀平には話していなかった。銀平の父が死んだあたりの岸を通ると、足音が後をつけて来るという。振りかえっても人はいない。逃げて走っても、幽霊の足音は走れなくて、こちらが走るにつれて遠ざかってしまうというのだった。

山桜の梢《こずえ》から小鳥の鳴き声が下枝へおりて来るのさえ、やよいには幽霊の足音が聯想《れんそう》されて、

「銀ちゃん、帰りましょう。花がみずうみにうつってるって、なんだかこわいわ。」

「こわくないよ。」

「銀ちゃん、よく見ないからよ。」

「きれいじゃないか。」

立ちあがるやよいの手を銀平はぐっと引きもどした。やよいは銀平の上に倒れた。

「銀ちゃん。」と叫ぶと、やよいはきものの裾《すそ》をみだして逃げ出した。銀平は追っ

かけた。やよいは息を切らして立ちどまった。いきなり銀平の肩に抱きついた。

「銀ちゃん、叔母さんといっしょにうちへいらっしゃい。」

「いやだ。」と言いながら銀平はやよいの胸を強く抱いた。すぐに銀平の目から涙が流れた。やよいはぼうっとかすむような目をして、銀平をながめていた。しばらくしてやよいは言った。

「あんなうちにいたら、私も死んでしまうって、叔母さんがうちのお父さんに言ってたわ。私、聞いたの。」

銀平がやよいと抱き合ったのは、この時一度だけだった。

やよいの家、銀平の母の里は昔から、みずうみのほとりの名家として知られていた。それが格のちがう銀平の家と縁ぐみしたのには、母になにかがあってのことだろうかと、銀平が疑念をいだくようになったのは、それから幾年か後だった。その時もう母は銀平と別れて里に帰っていた。銀平が東京に出て苦学していたころ、母は胸をわずらって里で死に、母からのわずかの仕送りも絶えた。銀平の家でも祖父が死に、今は祖母と伯母とが生きている。伯母が嫁入りさきで産んだ女の子を一人もらって、養っているとか聞いたが、銀平は長年古里にたよりしないから、その娘に婿《むこ》を取ったかどうかも知らない。

銀平は町枝をつけて来て若草に寝そべっている自分と、やよいの村のみずうみの岸で萩のしげみにひそんでいた自分と、そう変っていないようにも感じられた。同じかなしみが銀平のうちを流れている。しかし父の仇討ちなどはもう真剣に思いつめてはいない。もし父を殺した者がいるとしても、今はすでに老いている。老醜のじいさんが銀平をたずねあてて来て、殺人の罪をざんげしたら、銀平は魔が落ちたようにさっぱりするだろうか。そこであいびきしている二人のような青春がもどるだろうか。銀平にはやよいの村のみずうみに山桜の花のうつっているのが、はっきり心に浮かんで来た。さざ波もない大きな鏡のようなみずうみだった。銀平は目をつぶって母の顔を思い出した。

そのあいだに、柴犬をつれた少女は土手をおりたらしく、銀平が目をひらいた時は、学生が土手に立って見送っていた。銀平もはっと立ち上って、坂道をくだってゆく少女を見送った。並木のいちょうの葉には夕影が濃くなっていた。人通りはないのに、少女は振りかえらなかった。先きに立つ犬はひき綱を張って帰りをいそいでいた。少女の早い小股《こまた》歩きがきれいだった。明日の夕方も少女はこの坂道をのぼって来るにちがいないと思いながら、銀平は口笛を吹いた。水野の立っている方へ歩いて行った。水野が銀平に気がついて見ても、銀平は口笛をやめなかった。

「お楽しみですな。」と銀平は水野に言った。水野はそっぽを向いた。

「お楽しみですなと言ってるじゃないか。」

水野は眉をひそめて銀平を見た。

「まあ、いやな顔をしないで、ここへ坐って話しましょう。僕は、幸福な人がいるなら、その幸福をうらやましいと思う人間です。ただそれだけです。」

水野は背を向けて立ち去ろうとした。

「おい、逃げることはないよ。話そうと言ってるじゃないか。」と銀平は言った。

水野は向き直った。

「逃げやしない。僕はあなたに用がないんです。」

「ゆすりとまちがえたの？　まあ坐りたまえ。」

水野はつっ立っていた。

「僕は君の恋人を美しいと思った。それがいけないのかね。ほんとに美しい子だ。君は幸福だ。」

「それがどうしたんです。」

「僕は幸福な人と話したいんだ。じつはね、あの子があんまり美しいんで、僕は後をつけて来たんだよ。君とあいびきしたのにはおどろいたね。」

水野もおどろいて銀平を見たが、向うへ歩き出そうとするのを、

「まあ話そう。」と銀平がうしろから肩に手をかけると、水野は強く銀平を突き飛ばした。

「ばかっ。」

銀平は土手をころがり落ちた。下の道のアスファルトに倒れて、右肩を痛めたようだった。アスファルトの上にいったんあぐらをかいて、右肩をおさえながら立ち上った。土手にのぼった。相手はいなかった。銀平は胸苦しくあえぎながら腰をおろして、そっと突っ伏した。

なぜ銀平は少女が帰った後で学生に近づいて声をかけたのか、自分でも不可解だった。口笛を吹きながら歩いて行ったのに、おそらく悪意はなかった。その学生と少女の美しさについて語りたいのがほんとうのようだった。学生さえ素直な態度であれば、学生のまだ気づいていない少女の美しさを、学生に知らせることだって出

来たかもしれない。しかしいやみらしく、「お楽しみですな。」といきなり言ったのは、いかにもまずかった。なんとか言いようがあった。それにしても、学生のひと突きでころがり落ちてしまったのは、いかにも自分の力がうしなわれ、からだの弱っているのが感じられて、銀平は泣きたかった。片手に若草をつかみ片手で痛む肩をなでながら、銀平の細めた目に桃色の夕ばえがかすんだ。

もう明日から、あの少女はこの坂道へ犬をつれて出て来ないだろう。いや、明日までに学生は少女に連絡することは出来ないかもしれないから、やはり明日はいちょうの並木をのぼって来るだろうか。しかし学生に見おぼえられてしまった自分は、この坂道にも土手にもいるわけにゆかない。銀平は土手を見まわして、かくれ場所をさがしたがなかった。白いセエタアを着て、ズボンの裾《すそ》に赤い格子《こうし》を折りかえした少女の姿が、銀平の頭のなかをすうっと遠ざかった。桃色の空が銀平の頭を染めるようだった。

「久子、久子。」と銀平は咽《のど》にかすれる声で、玉木久子の名を呼んだ。

久子と会いにタクシイを走らせていた時にも、夕ばえではなく午後三時ごろだったが、町の空がなんとなく桃色のことはあった。車の窓ガラスごしに見る町は薄水色がかっているが、運転台のガラスを落した窓から見える空の色はちがうので、

「空が少し桃色じゃないの？」と銀平は運転手の肩の方へ乗り出したものだった。

「そうですね。」

運転手はどうでもいい言い方だった。

「桃色がかっていないかね。どうしてだろう。僕の目のせいじゃないだろう。」

「目のせいじゃありません。」

銀平は乗り出しつづけていると、運転手の古服の匂《にお》いがした。

その時以来、銀平はタクシイに乗るたびに、薄桃色の世界と薄水色の世界とを感じないではいられぬようになった。車のガラスごしに見るものは水色がかる、その対照で、運転席のガラスを落した窓から見るものは桃色くなる。それだけのことなのだろうが、空も町の壁も道路もまた並木の幹まで、じつは思いがけなく桃色をふくんでいるのだと、銀平は信じさせられたかのようだ。春とか秋とかには、客席の窓ガラスはしめ運転席の窓をあけて走る車が多い。銀平はどこへゆくにも車という身ではないにしろ、銀平の乗るたびの感じは重なるわけだ。

そして運転手の世界は温い桃色で客の世界は冷たい水色のようにも、銀平は思う習わしになった。客は銀平自身のことである。もちろんガラスの色を通して見る世界の方が澄んではいる。東京は空も巷《ちまた》もほこりによどんでいるから、薄桃色なのかもしれない。よく銀平は座席から乗り出して、運転手のうしろに両肘《りょうひじ》をかけながら、桃色の世界の方をながめていると、そのどんよりした空気のなまぬるさにいら立って来て、

「おい、君。」と運転手につかみかかりたくなる。なにかにたいする反抗か挑戦《ちょうせん》かのきざしなのだろうが、つかみかかればもう狂人である。銀平がうしろに迫って不穏な目つきをしても、町や空が桃色に見えるのは明るいうちだから、運転手がおびえたためしはなかった。

また、おびえるにもおよばなかっただろう。銀平がタクシイの窓ガラスのからくりによって、薄桃色の世界と薄水色の世界とを初めて見わけたのは、久子に会いにゆくみちであったし、運転手の肩の方へ乗り出すのは、久子に会いにゆく姿勢であったからだ。そういうタクシイのなかで銀平はいつも久子を思い出した。あの運転手の古服の匂いから、やがて久子の紺サアジの服が匂って来たので、その後、どの

ような運転手からも久子の匂いを感じた。運転手が新しい服を著《き》ていても変りがなかった。

初めて空を桃色く見たころ、銀平はすでに教職を追われ、久子は学校を転じていて、人目を忍ぶあいびきだった。銀平はこんなことになるのをおそれて、

「恩田さんに言っちゃ、だめだよ。ふたりだけの秘密……。」とささやくと、久子はその秘密の場でのように頰《ほお》を染めた。

「秘密はまもられていると、あまくたのしいものだが、いったんもれると、おそろしい復讐《ふくしゅう》の鬼になって荒れるよ。」

久子は笑《え》くぼを浮かべて銀平を上目づかいににらんだ。教室の廊下の端であった。窓に近い葉桜の枝に一人の少女が飛びついて、金棒にぶらさがったように体を振っていた。葉ずれの音が廊下の窓ガラスごしに聞えるかと思うほど枝はゆれていた。

「恋には二人のほかに身方なんて、絶対にないんだよ。いいか。恩田さんだって、今はもう敵だ。世間の目の一つ、世間の耳の一つなんだよ。」

「でも、恩田さんには言うかもしれませんわ。」

「だめだよ。」と銀平はおびえてあたりを見た。

「苦しいんですもの。恩田さんに、久ちゃんどうしたのってなぐさめられたら、かくせそうにないわ。」

「なんで友だちのなぐさめがいるんだ。」と銀平は声を強めたが、

「恩田さんの顔を見たら、きっと泣いちゃいますわ。昨日うちに帰って、はれた目を水で冷やすのに困ったの。夏なら、冷蔵庫に氷があっていいけれど……。」

「のんきな話じゃないよ。」

「つらいんですもの。」

「目を見せてごらん。」

久子は素直に目を向けた。その目で銀平を見るというよりも、その目を銀平に見てもらうという目色だった。銀平は久子の肌を感じて黙った。

恩田信子には、銀平も久子とこうなる前、久子の家庭の内情を聞きさぐってみようかと考えたことがあった。久子の言葉によると、恩田にはなにもかも打ち明けているはずだ。

しかし恩田という生徒は銀平は近づきにくいところがあった。久子のことなど聞けば、内心を見すかされそうだった。恩田は成績がよかったが自我も強いようだっ

た。いつか授業時間に、銀平が福沢諭吉《ふくざわゆきち》の「男女交際論」を読んで聞かせて、

「川柳《せんりゅう》の句に、二三町出てから夫婦連れになると言うことあり。」のくだりから、

「例えば壻《むこ》が旅行して嫁が別れを惜しみ、嫁が病中壻が深切《しんせつ》に看病などすれば、余り見苦しとて舅　姑《しゅうとしゅうとめ》の意に逆うの奇談なきにあらず。」

女生徒たちはわっと笑った。しかし恩田は笑っていない。

「恩田さん、笑わないの？」と銀平は言った。恩田は答えなかった。

「恩田さんはおかしくないのか。」

「おかしくありません。」

「自分はおかしくなくても、みながおもしろそうに笑ったら、笑ってもいいんじゃないか。」

「いやです。みなといっしょに笑ってもいいでしょうけれど、みなが笑った後で、追いつくように笑わなくてもいいと思います。」

「理窟《りくつ》だね。」と銀平はしかつめ顔をして、

「恩田さんはおかしくないと言うんです。みなさんはおかしいですか。」

教室はしんとした。

「おかしくないんですね? 福沢諭吉は明治二十九年に、これを書いたんですが、戦後の今読んでもおかしくないとしたら問題だ。」と銀平は話を持って行った。話の途中でひょいと意地悪く、

「しかし、恩田さんの笑ったのを見た人がありますか。」

「はい、見たことがあります。」

「見ました。」

「よく笑うわねえ。」

にぎやかに笑いながら生徒たちは答えた。

この恩田信子と玉木久子が無二の親友となったのは、久子も異常な性格を秘めていたからかもしれないと、銀平は後になって考えた。久子は銀平に後をつけさせるような魔力をただよわせ、その銀平の追跡を久子のうちに秘められたものが受け入れたではないか。久子の女は一瞬に感電して戦慄《せんりつ》するように目ざめた。久子が身をまかせた時、多くの少女はこうなのであろうかと、銀平さえ戦慄を感じたほどだ。

銀平にとっても久子は最初の女というのかもしれなかった。その高等学校で、教師と教え子でありながら久子を愛した日々が、銀平のこれまでの半生でもっとも幸

福な時であったように思われる。田舎で父の存命のころ、小さい銀平がいとこのやよいにあこがれていたのも、無垢《むく》の初恋にはちがいないがあまりに幼な過ぎるだろう。

しかし、あれは九つであったか十であったか、鯛《たい》の夢を見てほめられたのを、銀平は忘れることが出来ない。古里の海の暗いほど濃い波の上に、飛行船が浮かんでいた。見ていると、それは大きい鯛であった。鯛が海からおどりあがっていたのだ。しかも鯛は長いこと宙に浮いて止まっている。一尾ではない。あちらこちらの波間から鯛がおどりあがった。

「わあ、大きな鯛だ。」と銀平は呼ばわって目がさめた。

「めでたい夢だ。たいした夢だ。銀平は出世するぞ。」と言われた。

昨日、やよいからもらった絵本に飛行船の絵がついていたのだ。銀平は飛行船の実物を見たことがなかった。しかし、そのころは飛行船というものがあった。大型の飛行機が発達して来て、今はないだろう。銀平の飛行船と鯛の夢も今は昔である。銀平は出世ということよりも、やよいと結婚出来るのだろうと夢うらないした。銀平は出世もしなかった。高等学校の国語教師という職をうしなわないでいても、出世のみこみはなかっただろう。夢のなかのみごとな鯛のように、人波からおどりあがる力もなかったし、人の頭の上の宙に浮いている力もなかった。いずれは闇冥《あんめい》の波底に沈んでゆく因果なのだろうが、久子と陰火をもやしてから、幸福は短く、転落は早かった。銀平が久子に警告したように、恩田にもれた秘密は復讐《ふくしゅう》の鬼になって荒れたとでもいうのか、恩田の告発はきびしかった。

あれから銀平は教室でなるべく久子を見ないようにしていたが、ひとりでに目が恩田の席へゆくのには困った。銀平は恩田を校庭の一隅《いちぐう》に呼んで、秘密をまもってくれと歎願《たんがん》してみたり、脅迫してみたりしたが、恩田の銀平にたいする憎悪は正義感よりも直観から出た糾罪感《きゅうざいかん》が強いようだった。銀平が愛の尊さを訴えても、

「先生は不潔です。」と恩田はぷつりと言った。

「君こそ不潔だ。人から秘密を打ちあけられて、その秘密をほかへもらすほど、不潔なことはないじゃないか。君のはらわたのなかを、なめくじか、さそりか、むかでが這《は》ってるのか。」

「誰《だれ》にももらしていません。」

しかし間もなく、恩田は校長と久子の父とに投書をした。さし出し人は匿名《とくめい》で、

「むかでより」とあったそうだ。

銀平は久子がえらんだ場所でしのびあいするようなことになった。久子の父が戦後に買ったという家は昔で言えば郊外だが、戦前の山の手の屋敷は焼けあとのままで、コンクリイトの塀《へい》だけが一部はくずれながら残っている。人目がこわい久子はその塀のなかで銀平と会うのを好んだ。この屋敷町の焼けあとも大方、大なり小なりの家が建って、焼けたままのあき地はもうまれだから、一時の廃墟《はいきょ》のような不気味さも危険もなかったし、なるほど人目に忘れられたような場所にはちがいなかった。はびこった草の高さは二人をかくすに十分だった。まだ女学生の久子は自分の家があったところという安心も感じるのだろう。

久子も銀平に手紙を書くのはむずかしかったが、銀平の方からは手紙を出すことも、家や学校へ電話をかけることも、人にことづけを頼むことも出来なくて、久子への連絡のみちは一切たたれたようなものだった。あき地のコンクリイトの塀の内側に白墨でなにか書いておくと、久子が見に来てくれた。高い塀の裾《すそ》に書く定《き》まりだ。草にかくれて人目につかない。勿論《もちろん》こみいったことは書けない。会ってほしい日と時間の数字ぐらいがせいぜいだが、ひそかな告知板の役には立った。久子が書いておいたのを銀平が来てみることもあった。久子の方からあいびきの時をきめるのは速達でも電報でもいいのに、銀平の方からだと、ずいぶん前に日と時を塀に書いておいて、そこに久子の承諾の符牒《ふちょう》が書かれるのを見とどけねばならなかった。久子は監視されていて、夜などめったに出られない。

銀平がタクシイで薄桃色と薄水色を初めて見た日は、久子からの呼び出しだった。久子は塀寄りの草のなかにうずくまって待っていた。「この塀の高さでは、君のお父さんがずいぶん因業《いんごう》なんじゃないか。塀の上にガラスのかけらか逆さ釘《くぎ》でも植えつけてあったのだろう。」と、いつか銀平は久子に言ったものだが、まわりに新築の平屋からは塀のなかがのぞけない。一戸だけ洋館の二階屋が建っていても、新しい様式なのか低くて、二階から乗り出したところで、庭の三分の一は視線の角度からかくれている。久子はそれを知っていて塀寄りにいる。門は木造だったらしく焼けてないが、売り地ではないから、もの好きにはいって来る人間はまずないだろう。午後三時ごろでもしのび会えるのだった。

「ああ、学校の帰りなの。」と銀平は久子の頭に片手をおいてしゃがむにつれて、青白んだ頬《ほお》を両手にはさんで近づけた。

「先生、時間がありませんの。学校から帰る時間を計られているんです。」

「わかっている。」

「平家物語の課外講習があるから、それに残ると言っても、家でゆるさないんですの。」

「そう？　待ったの？　足がしびれない？」と銀平は久子を膝《ひざ》に抱いた。久子は昼の明りをはにかんですべり落ちた。

「先生、これ……？」

「なんだ。金か。どうしたの？」

「盗んで来て上げたわ。」と久子はむしろ目を光らせた。

「二万七千円あります。」

「お父さんの金か。」

「お母さまのところにあったの。」

「いらないよ。すぐわかるから返しておき給《たま》え。」

「わかるなら、家に火をつけたっていいわ。」

「八百屋お七じゃあるまいし……。二万七千円の金で、一千万以上の家を焼く人がありますか。」

「お母さまがお父さまにかくしているお金らしいから、騒げやしないわ。私だってよく考えて、盗むんですもの。一度取ったものを、もとへもどす方がこわいわ。きっとふるえてしまって見つかるにきまってるわ。」

銀平が久子に盗んだ金をもらうのは、今がはじめてではなかった。銀平の入れ智《ち》慧《え》ではなくて久子の発意であった。

「しかし先生もね。どうにか食えるんだよ。有田という、ある会社の社長の秘書が僕《ぼく》の学生時代の友だちで、社長の演舌《えんぜつ》の代作を、ときどき僕に廻《まわ》してくれるんだ。」

「有田さん……？　有田なんていう人？」

「有田音二という老人だ。」

「あら。私のこんどの学校の理事長よ、その人……。父が有田さんに頼んでくれて、私は転校したのよ。」

「そう？」

「理事長が学校でしゃべる話も、桃井先生がお書きになっていたの？　知らなかったわ。」

「人生ってそんなものなんだねえ。」

「そうですわ。きれいな月が出ると、先生も見ていらっしゃるでしょうと思いますし、風雨の日には、先生のアパアトはどうかしらと思うんですもの。」

「秘書の話だと、その有田という老人は奇怪な恐怖症に悩んでいるんだそうだ。演舌の草稿に、妻とか結婚とかいう言葉は、なるべく書かないでくれと、秘書から頼まれた。女子高校での話だから、当然書くと思ったんだね。有田理事長は話の途中で、恐怖症の発作らしいものをおこさなかった？」

「いいえ。気がつかなかったわ。」

「そうだろうな。まあ、人前ではね。」と銀平はひとりでうなずいた。

「恐怖症の発作って、どんなんですの。」

「いろいろある。僕らもそうかもしれない。発作をおこして、見せてあげようか。」と銀平は言って、久子の胸をさぐりながら目を閉じると、古里の麦畑が浮かんで来た。農家の裸馬に乗って女が麦畑の向うの道を通った。女は白い手拭《てぬぐい》を首に巻いて前で結んでいた。

「先生、首をしめてもいいわ。うちに帰りたくない。」と久子が熱っぽくささやいた。銀平は片手の指で久子の首をつかんでいる自分におどろいた。もう一方の手を添えて、久子の首を計ってみた。やわらかくそのなかにはいって、銀平の両手の指先きは触れ合った。銀平は金包みを久子の胸にすべりこませた。久子はきゅっと胸を縮めて身をひいた。

「お金を持ってお帰り……。こんなことしていると、君か僕か、犯罪をおかしそうだ。恩田さんは僕を罪人だって告発したじゃないか。あんなに暗いかげがあって、あんなにうそをつく人は、前によほど悪いことをしているにちがいないと、手紙に書いてあったって……？　君はこのごろ恩田さんに会った？」

「会いません。手紙も来ないわ。あんな人しらない。」

銀平はしばらく黙っていた。久子がナイロンの風呂敷《ふろしき》をひろげてしいてくれた。かえって土の冷たさが伝わった。まわりの草が青臭い。

「先生、また私の後をつけて来て下さい。私の気がつかないようにつけて来て下さい。やはり学校の帰りがいいわ。こんどの学校の方が遠いの。」

「そして、あの立派な門の前で、はじめて気がついたふりをするのか。鉄の扉《とびら》のなかから赤い顔をして、僕をにらむの？」

「ううん。なかへお入れするわ。うちは広いから見つかりっこないわ。私のお部屋にだって、かくれるところはあります。」

銀平は燃えるようなよろこびを感じた。やがてそれを実行した。しかし銀平は久子の家人に見つかった。

それから年月もまた久子を銀平から遠ざけたが、犬をつれた少女の愛人らしい学生に土手から突き落された後でも、桃色の夕ばえを見ながら、思わず銀平は、「久子、久子。」とかなしげに呼んで、アパアトに帰った。土手の高さは背丈の二倍ぐらいだったから、肩と膝頭とが紫色になっていた。

あくる日の夕方も、銀平はいちょうの並木のある坂道へ、少女を見に行かないではいられなかった。あの清浄な少女は銀平の追跡にほとんど無心であったから、銀平はなんの害もおよぼしようがないではないか。そうも思った。空ゆく雁《かり》になげくようなものだ。そこにかがやく時の流れを見おくるようなものだ。銀平だって明日知れぬ命だし、あの少女だっていつまでも美しくはない。

しかし、銀平は昨日学生に話しかけて、見おぼえられてしまったから、いちょう並木の坂道をうろついてはいられないし、学生が少女を待つ場所らしい土手にはなおいられそうにない。並木のある歩道と昔の貴族の屋敷とのあいだの溝《みぞ》に、銀平はかくれていることにした。もし警官にでも怪しまれたら、酒に酔って落ちこんだか、暴漢に突き落されて足腰が痛いと言えばいい。酔ってという方が無難らしいので、息を酒くさくするために、銀平は少し飲んで出かけた。

溝の深いのは昨日でわかっていたが、なかにはいってみると、深いよりも広かった。両側は立派な石がけで、底にも石が敷きつめてある。石のすきまから草が生え、去年の落葉が腐っていた。歩道の方の石がけに身を寄せていれば、真直ぐな坂道をのぼって来る人には見つからないだろう。二三十分もひそんでいるうちに、銀平は石がけの石にでも嚙《か》みつきたくなった。石のあいだからすみれの咲いているのが目についた。銀平はいざり寄って、すみれを口にふくむと、歯で切って、吞《の》みこんだ。吞みこみにくかった。銀平はううっと泣き出すのをこらえた。

昨日の少女が今日も犬をつれて、坂の下にあらわれた。銀平は両手をひろげて石の角をつかんで、石に吸いつくようにしながら、じりじり頭を持ち上げた。手がふるえて石がけが崩れそうに思え、胸の鼓動は石を打った。

少女は昨日の白いセエタアだが、下はズボンでなく臙脂《えんじ》のスカアトで、靴《くつ》もいいのをはいていた。白と臙脂とが並木の若いみどりのなかに浮かんで近づいて来た。銀平の頭の上を通る時は、少女の手が目の前にあった。白い手は手首から肘《ひじ》へかけてなお白くなってゆく。銀平は少女の清らかなあごを下から見上げて、ああっと目を閉じた。

「いた、いた。」

昨日の学生が土手の上に待っていた。坂のほぼ半ば、溝の底からながめていると、土手を向うに行く二人は膝から上が青草に浮かんで動いた。銀平は暮れるまで少女の帰りを待っていたが、少女は坂道を通らなかった。おそらく学生が昨日の怪しい男のことを少女と話して、この道を避けたのだろう。

その後、銀平は幾度となく、いちょう並木の坂道をさまよったり、土手の青草に長いあいだ寝そべったりした。しかし少女を見なかった。少女の幻は夜も銀平をこの坂道に誘い出した。いちょうの若葉がたけだけしい青葉にしげるのは早かった。月の光りでアスファルトに影を落して、頭の上に黒々とのしかかる並木は、銀平をおびやかした。裏日本の古里で夜の海の暗さが急にこわくなって、家へ走って帰ったのを思い出した。溝の底から子猫の鳴き声が聞えた。銀平は立ちどまってのぞいた。子猫は見えないが、ぼんやり箱が見えた。箱のなかでかすかに動いているらしい。

「なるほど、猫の子を捨てるのにはいい場所だ。」

生まれたばかりの子猫を、一腹そっくり、箱に入れて捨てたのだ。何匹いるのだろう。鳴いて飢えて死ぬ。その子猫どもを自分と同じように思ってみて、銀平はわざと子猫の鳴き声を聞いていた。しかしその夜かぎり、少女は坂道に現われることはなかった。

その坂道から遠くない堀《ほり》に蛍狩《ほたるが》りが催されると、新聞で見たのは、六月早々だった。貸しボオトのある堀だ。あの少女は必ず蛍狩りに来る。銀平はそう信じた。犬をつれて散歩していたのだから家は近くにちがいない。

母の村のみずうみも蛍の名所だった。母につれられて行って、つかまえた蛍を蚊《か》帳《や》のなかに放して寝た。やよいも同じことをした。襖《ふすま》はあけひろげてあって、隣りの間の蚊帳のやよいと、どちらの蛍が多いか数えて争った。蛍は飛ぶから数えにくい。

「銀ちゃんずるいわ。いつだってずるいわ。」とやよいは起き上って、握りこぶしを振りまわした。

やがて蚊帳をこぶしで叩きはじめると蚊帳はゆれ、蚊帳にとまっていた蛍は飛んだが、手ごたえがないものだから、やよいはなおじれて、こぶしを振り上げるたびに膝頭もおどり上げた。やよいは元禄袖《げんろくそで》の裾《すそ》の短いゆかたを著《き》ていて、膝小僧から上までまくれてしまった。そうして膝がだんだん前へ動くらしく、やよいの蚊帳の裾は銀平の方へ妙な形にふくれ出て来た。やよいが青い蚊帳をかぶったお化けのように見えた。

「今はやよいちゃんの方が多いよ。うしろを見てごらん。」と銀平は言った。やよいは振りかえって、

「多いにきまってるわ。」

やよいの蚊帳がゆれ、そのなかの蛍はみな飛んで光っているので、たしかに多く見えたことは争えない。

その時のやよいのゆかたが大きい十字がすりであったのを、銀平は今でもおぼえている。しかし銀平と同じ蚊帳のうちの母はどうしていたのだろう。やよいの騒ぐのになんとも言わなかったのだろうか。銀平の母よりも、やよいの母はいっしょに

寝ていて、やよいを叱《しか》らなかったのだろうか。そばにはやよいの小さい弟もいたはずだ。やよいのほかの人のことは、銀平にはまるで浮かんで来ない。

銀平はこのごろでもときどき、母の村のみずうみに夜の稲妻《いなずま》のひらめく幻を見る。ほとんど湖面すべてを照らし出して消える稲妻である。その稲妻の消えたあとには岸べに蛍がいる。岸べの蛍も幻のつづきと見られないことはないが、蛍はつけ足りで少し怪しい。稲妻の立つのはだいたい蛍のいる夏が多いから、こういう蛍のつけたりがあるのかもしれぬ。いかに銀平だって蛍の幻をみずうみで死んだ父の人魂《ひとだま》などと思いはしないが、夜のみずうみに稲妻の消えた瞬間は気味のいいものではなかった。その幻の稲妻を見るたびに、陸の上に広く深い水が動かずにあって、夜空の光りを受けてさっと現われることに、銀平は自然の妖霊《ようれい》か時間の悲鳴を感じるようにどきっとする。稲妻で湖水すべてが照らし出されるのはおそらく幻影のしわざで、現実にはないことだろうとは銀平も知っている。しかし大きい稲妻のきらめきに打たれたら、空の瞬間の光明が身のまわりの世界の一切を照らすと思うかもしれない。はじめてのかたい久子にふれたようなものだ。

それからたちまち大胆となった久子が銀平をおどろかせたのも、稲妻に打たれたのとあるいは似ていたかもしれない。銀平は久子に誘われて家にはいり、久子の居間へしのびこむことに成功した。

「なるほど広いうちだねえ。帰りの逃げみちがわからない。」

「お送りしますわ。窓からお出になってもいいわ。」

「だって、二階でしょう。」と銀平がひるむと、

「私のしごきかなんかつないで、綱にしますわ。」

「犬はいないの？　僕は犬がきらいでね。」

「犬はいません。」

久子はそんなことよりも銀平をきらきらにらむように見ながら、

「私、先生と結婚出来ませんでしょう。一日でもいいから、私の部屋でいっしょにいたかったの。いつもいつも、草葉のかげはいやだわ。」

「草葉のかげというのはね、ただ草の葉のかげの意味もあるが、今一般に使われるのは、あの世、墓の下という意味だね。」

「そうですか。」と久子はよく聞いていなかった。

「もう国語教師を首になっちゃったから、こんなことどうだって……。」

しかし、こんな教師のいたということは、どうだってよくはない、おそろしい世のなかだと、銀平は女生徒の居る洋室としては想像もおよばなかった華美な贅沢《ぜいたく》に気押《けお》されて、追われる罪人にしぼんでいた。久子のこんどの学校の門からこの家の門まで、後をつけて来た銀平とはちがっていた。もっとも久子は知っていて知らんふりをしていたのだし、すでに久子は銀平につかまってしまった女だから、たくんだ遊びかからくりであったけれども、そういうしくみを久子の方から要求されたことに、銀平のよろこびがあった。

「先生。」と久子は銀平の手をぎゅっと握って、

「お夕飯の時間ですから、待っていてね。」

銀平は久子を引きよせてくちづけした。久子は長いことをのぞみ、からだの重みを銀平の腕にまかせてしまった。久子をささえあげていなければならぬのが、銀平をいくらか力づけた。

「そのあいだ、先生、なにしていらっしゃる?」

「う? 君の写真帳かなんかないの。」

「ないわ。写真帳も日記帳も、なにもないわ。」と久子は銀平の目を見上げながら、

かぶりを振った。

「君は、小さい時の思い出話を、なんにもしないね。」

「つまらないんですもの。」

久子は脣《くちびる》もふかないで出て行ったが、どんな顔をして家族と夕飯の席についているのだろう。銀平は壁がくぼんでカアテンのかかっているかげに、小さい洗面所を見つけると、用心深く水道を出して、ていねいに手を洗い、顔を洗い、口をすすいだ。みにくい足も洗いたいようだったが、靴下を脱いで持ち上げて、久子の顔を洗うところに足を突っこむことまでは出来にくかった。また洗ったたって見よくなる足ではなく、みにくさを思い知らされるだけだろう。

久子が銀平のためにサンドイッチなどつくって来なければ、このしのびあいは露見しないですんだかもしれない。銀盆でコオヒ・セットまで運びこんだのは不敵過ぎるというものだ。

扉《とびら》がつづけさまにノックされた。久子はとっさに覚悟をきめたのか、むしろ聞きとがめるように、

「お母さま……？」

「そうです。」

「お客さまですから、お母さま、あけないでちょうだい。」

「どなたです。」

「先生です。」と久子は小さいが張りのある声できっぱりと言った。そのとたんに銀平は狂わしい幸福の火を浴びたように、ぴんと立った。ピストルでも持っていたら、うしろから久子をうったかもしれない。玉は久子の胸を貫いて、扉の向うの母にあたった。久子は銀平の方へ倒れ母は向うへ倒れた。久子と母は扉をへだてて向い合っているから、二人ともうしろへのけざまに倒れたわけだ。しかし久子は倒れながらなにかきれいに身をまわして向きかわると、銀平の脛《すね》に抱きついた。久子の傷口から噴き出す血がその脛を伝わり流れて、銀平の足の甲をぬらすと、そこのくろずんだ厚い皮はすうっと薔薇《ばら》の花びらのように美しくなり、土ふまずの皺《しわ》はのびて桜貝のようになめらかとなり、猿《さる》の指みたいに長くて、節立って、まがって、しなびた足指もやがて久子の温い血に洗われて、マネキン人形の指のように形よくなった。ふと、久子の血がそんなにあるはずはないという気がすると、銀平自身の血も胸の傷口から流れ落ちていることに気がついた。銀平は来迎仏《らいごうぶつ》の乗った五色の雲につつまれたように気が遠くなった。この幸福の狂想もしかし一瞬であった。

「久子がな、学校へ持って行きよった、水虫の塗り薬には、娘の血がまざっとるんですがな。」

銀平は久子の父の声を聞いて、はっと身がまえた。幻聴であった。えらく長い幻聴である。銀平がわれにかえると、久子の扉に向ってりりしく立つ姿が目に満ちて、おそれは消えた。扉の外はひっそりしていた。娘ににらまれてふるえている母の姿が扉をとおして銀平に見えた。雛《ひな》に毛をついばまれて赤裸になっている鶏だ。あわれな足音が廊下を遠ざかって行った。久子はつかつか扉へ行って、かちゃっと鍵《かぎ》をかけると、把手《とって》を片手につかんだまま銀平を振りかえって、背で扉にぐったりもたれながら、ぽたぽた涙を落した。

勿論《もちろん》、母といれかわりに父の荒々しい足音が近づいた。把手をがたがたさせて、

「おい、あけろ。久子、あけないか。」

「よし、お父さんに会おう。」と銀平は言った。

「いやよ。」

「なぜだ。会うほかはない。」

「先生に、父を見せたくないの。」

「僕は乱暴せんよ。ピストルもなにも持ってないよ。」

「見せたくないんです。窓から逃げて下さい。」

「窓から……? よし、僕の足は猿みたいなもんだ。」

「靴はいてちゃあぶないわ。」

「はいてない。」

久子はたんすから帯揚げを二三本出してつなぎ合わせた。扉の外の父はいよいよ猛《たけ》り立っている。

「今あけますから、ちょっと待ってちょうだい。心中なんかしませんから……。」

「なんだと? なんということを言うやつだ。」

しかし虚をつかれたとみえ、扉の外は一時静まった。

窓から垂らした帯揚げの端を両の手首に巻きつけて、銀平の重みを支えて力みながら、涙を流しつづけている久子の指に、銀平はちょっと鼻の頭をこすりつけてから、帯揚げを伝わって軽々とおりた。脣をあてるつもりだったが下を見ていたので鼻の頭がついたのだった。また顔に感謝と告別の接吻《せっぷん》をしようにも、久子は身をかがめて窓の下の壁に膝《ひざ》を突っ張り胸はうんと反っていて、窓にぶらさがった銀平はとどかなかったのである。足が地につくと銀平は感動をこめた合図に帯揚げを二度引っぱった。二度目は手答えがなくて、帯揚げが窓明りの下へふわっと流れ落ちて来た。

「えっ？　くれるの？　もらってゆくよ。」

銀平は庭を走りながら振りまわす片腕に帯揚げをうまく巻き取って行った。ちらっとうしろを見ると、久子と父らしい姿とが銀平の抜け出した窓にならんで立っていたが、父は声もあげられないとみえた。銀平は唐草《からくさ》模様にすけた鉄扉の門など猿のように乗り越えた。

そんなだった久子も今はもう結婚しているだろうか。

あの後、銀平は一度だけ久子に会えた。久子のいわゆる「草葉のかげ」、久子の元の屋敷の焼けあとへ銀平は勿論しげしげと通ったのだが、草のなかに久子がかくれて待っていることはなかったし、コンクリイトの塀の内側に久子の告知が書かれているのも見なかった。しかし銀平はあきらめないで、そこの草が枯れ雪のつもった冬も、ときどきはのぞきにゆくのをやめないと、それはおそろしいものというか、ふたたび春の若草が浅みどりに伸び立ったなかで、久子とめぐりあうことが出来た。

しかし久子は恩田信子と二人だった。久子もまたあれから銀平をもとめて折り折りはここに来てくれていたのだが、かけちがって会えなかったのだろうかと、はじめ銀平は胸をおどらせたけれども、久子が銀平をまったく待ちもうけなかったらしい驚き顔から、恩田とここで会っていたのだと知れた。あの密告者の恩田と、かつての秘密の場所で、どうしてだろう。銀平は迂闊《うかつ》に口もきけなかった。

「先生。」と久子が呼んだのを、恩田はおさえつけるように、同じ言葉を強く、

「先生。」

「玉木さんはまだこんな者とつきあってるの?」と銀平は恩田の頭の上であごをしゃくった。二人の少女は一枚のナイロンの風呂敷の上に腰をおろしていた。

「桃井先生、今日は久子さんの卒業式だったんです。」と恩田は銀平をにらみ上げてなにか宣言口調で言った。

「あっ、卒業式……?　そうか。」と銀平はついつりこまれた。

「先生、私あれから一日も学校へ行ってないんです。」と久子が訴えた。

「ああ、そうか。」

銀平はぴいんと胸にひびいたが、仇敵《きゅうてき》の恩田にこだわってか、元教師の地金があらわれてか、思わぬことを言った。

「それでよく卒業が出来たな。」

「理事長のお声がかりですもの、出来るわ。」と恩田が答えた。久子に好意なのか悪意なのかわからない。

「恩田、君は才媛《さいえん》だが、だまってたまえ。」と銀平は久子に、

「理事長は卒業式に祝辞をのべた？」

「はい。」

「僕《ぼく》はもう有田老人の演舌《えんぜつ》の下書きはしてないんだよ。今日の祝辞なんか、前と調子がちがってたでしょう。」

「短かったですわ。」

「二人ともなにをおっしゃってるの？　偶然会ってもお話のあるお二人じゃなかったの？」と恩田は言った。

「君がいなくなったら、つもる話は山ほどあるよ。しかし、スパイに聞かせるのは、こりこりだ。君が玉木さんに話があるのなら、早くすませろよ。」

「私はスパイじゃないわ。不潔な人から、玉木さんを守ろうとしただけです。私の投書のおかげで、玉木さんは学校をお変りになって、出席もなさらなかったけれど、先生の毒牙《どくが》はのがれられましたでしょう。私には玉木さんがだいじな人なんです。先生からどんなにされても、先生と戦います。玉木さんは先生を憎んでいるでしょう。」

「さあ、君をどんなにしてやろう、早く退散しないとあぶないぞ。」

「玉木さんのそばは離れません。私がここで落ち合ったんですから、先生がお帰り下さい。」

「君はお目つけ役の侍女かい。」

「そんなこと頼まれていません。不潔です。」と恩田はそっぽを向いた。

「久子さん、帰りましょう。この不潔な人に、怨《うら》みと怒りをこめて、永久のさよならをおっしゃいよ。」

「おい、玉木さんと話があるだろうと言った、その話が僕はまだすんでないよ。君が帰れ。」と銀平は恩田の頭のてっぺんを小馬鹿《こばか》にするようになでた。

「不潔です。」と恩田は頭を振った。

「そうだよ。いつ髪を洗ったんだい。あまり臭くよごれんうちに洗うんだね。これじゃどんな男だって、なでてくれんわ。」

くやしがる恩田に銀平は言った。

「おい、退散しないか。僕は女をなぐったり蹴《け》ったりするのが平気な、無頼漢《ぶらいかん》だよ。」

「私はなぐられたり蹴られたりするのが、平気な娘です。」

「よし。」と銀平は恩田の手首を引きずろうとして、久子を振りかえりながら、

「いいだろう。」

久子は目でうなずいたようだった。銀平は勢いを得て恩田を引きずって行った。

「いや、いや、なにをなさるんです。」

恩田は泳がせられて、銀平の手にかみつこうとした。

「おや、不潔な男の手にキスするのかい？」

「かむんです。」と恩田は叫んだがかまなかった。

焼け失《う》せた門あとから通りに出ると人目があるので、恩田は立って歩いた。銀平はつかんだ片手首をはなさなかった。空車を呼びとめた。

「家出娘だ。頼む。大森の駅前に家の者が待ってる。飛ばしてくれ。」とでたらめを言うと、恩田を抱えるように車へ押しこんで、ポケットの千円札を運転台に投げ入れた。車は走りだした。

銀平は塀《へい》のなかにもどって、久子がもとのまま風呂敷の上にいるのを見た。

「家出娘にして、車にほうりこんだよ。大森までは行ってるな。千円かかっちゃった。」

「恩田さんは敵討《かたきう》ちに、また家へ投書するわ。」

「むかでより、か。」

「でも、しないかもしれません。恩田さんは大学へはいりたくて、私にもすすめに来たの。私の家庭教師のようになって、父に学資を出させようというんです。恩田さんのおうちは悪いから……。」

「その話でここで会ったの？」

「そうです。お正月ごろから、会いたいとなん度も手紙をよこすんですけれど、うちへ来られるのはいやで、卒業式には出られるって、お返事やったの。恩田さんは学校の門のところで待ってたんです。でも、私一度ここに来てみたかったの。」

「あれから僕はなん度ここへ来たかしれやしない。雪のつもっている日もね……。」

久子は可愛《かわい》いえくぼを浮かべてうなずいた。この少女を見れば、銀平とあのようなことがあったと誰《だれ》が思おう。銀平自身もなんの「毒牙」のあとを見出《みいだ》せるだろう。

久子は言った。

「先生がいらしてるんじゃないかしらと思っていました。」

「町の雪が消えても、ここの雪は残っていたね。塀が高いから……。それに道路の雪かきをして、ここへ投げこむとみえるね。門のなかが雪の山になっていた。それも僕には二人の愛の障害のように見えた。雪の山の下に赤んぼが埋まっているような気がした。」と終りに銀平は奇怪なうわごとを言って、はっと口をつぐんだが、久子は曇りのない目でうなずいた。銀平はあわてて話を変えた。

「それで君は恩田さんと大学へ行くの？　なに科……？」

「つまらないわ、女が大学なんて……。」と久子はこともなげに答えた。

「あの時の帯揚げね、まだだいじに持ってるよ。記念にくれたんでしょう？」

「気がゆるんで、手をはなれてしまったんです。」とこれもなにげなく言った。

「お父さんにひどく叱《しか》られた？」

か夜陰にまぎれて、あの窓からしのびこめばよかった。」

「学校へも行かないとは知らなかった。そうとわかれば、夜陰にまぎれて、あの窓からしのびこめばよかった。」

「あの窓から、夜なかに庭を見ていたこともあります。」と久子は言ってくれたが、そのひとり歩き禁止の月日に久子は清純な少女にかえってしまったように見えて、銀平はこの少女のかくれた心理を知ってつかまえる勘をうしなったようにしおたれた。出足のはずみもきっかけもない。しかし銀平が恩田のいたあとの風呂敷の片方に腰をおろしても、久子は避ける風ではない。久子は紺の新しいワンピイスを著《き》て襟《えり》にレエスの飾りが美しかった。卒業式のためだろう。銀平が見てもわからない、このごろのたくみなかくし化粧もしているのかもしれない。ほのかな匂《にお》いがあった。

銀平は久子の肩にそっと手をかけた。

「どこかへ行こう。二人で遠くへ逃げよう。さびしいみずうみの岸へ、どう。」

「先生、私もう先生とお会いしないことにきめていたんです。今日ここでお目にかかれて、それはうれしいけれど、もうこれきりにして下さい。」と久子は突きはなす調子ではなく、落ちついて訴える声で言った。

「どうしても先生に会わずにいられなくなったら、どんなにしても先生をさがして行きます。」

「僕は世の底へ落ちてゆくよ。」

「上野の地下道に先生がいらしても行きます。」

「今行こう。」

「今は行かないの。」

「どうしてだ。」

「先生、私は傷ついて、まだ回復してないんです。正気にもどっても、まだ先生が恋しかったら行きます。」

「ふうん……？」

銀平は足までしびれて来る感じだ。

「よくわかった。僕の世界なんかにおりて来ない方がいいよ。僕に引き出されたものは、奥底に封じこめてしまうんだね。そうしないと、こわいよ。僕は君とは別の世界から、一生君の思い出にあこがれて、感謝しているよ。」

「私は先生のことを忘れられたら忘れます。」

「そう、それがいいんだ。」と銀平は強く言いながら刺すようなかなしみにいたんだ。

「でも、今日は……。」と声がふるえた。

思いがけなく久子はうなずいた。

しかし車のなかでも久子はだまりこんでいた。やがてなんのこともなさそうな顔で、少しは頬《ほお》に赤みさしながら、じっとまぶたを合わせていた。

「目をあけてごらん。悪魔がいる。」

久子はぱっちり目を明けひろげたが、悪魔を見るようではなかった。

「さみしいねえ。」と銀平は言って、久子のまつ毛を口にくわえた。

「おぼえている?」

「おぼえてます。」と久子のむなしいささやきが銀平の耳を吹き抜けた。

それから銀平は久子に会わない。あの焼けあとには幾度かさまよって行った。いつかは門のところに板がこいが出来ていた。草が刈り取られ、地ならしがされ、一年半か二年後には、普請《ふしん》がはじまっていた。小さい家らしいから久子の父の住まいではなさそうだ。誰かに売ったのだろうか。銀平は大工のうまいかんなの音を聞きながら目をつぶってたたずんだ。

「さようなら。」と遠い久子に言った。久子とのここの思い出が新しく建つ家に住む人を幸福にしてくれればいいと思った。かんなの音はそのように銀平の頭のなかでこころよかった。

銀平は人手に渡ったらしい「草葉のかげ」へもう来なくなった。じつは久子が結婚をして、ここの新居に移るとは、銀平は知るよしがなかったのである。

銀平の「あの少女」は、貸しボオトのある堀の蛍狩り《ほたるが》りに必ず出て来ると、銀平が信じたのはおそろしいもので、三度目のめぐりあいとなった。

蛍狩りは五日ほどあるうち、銀平は町枝の来る夜をまちがえなかった。幾日つづいたところで銀平は通っただろうが、その蛍狩りの記事が新聞に出たのは、すでに蛍狩りがはじまって二日過ぎてからで、少女も夕刊に誘われて来たのだとすると、銀平の勘が的中したというほどではないかもしれぬ。しかし、銀平はその夕刊をポケットに入れて出ると、もう少女を見る時の思いが胸にいっぱいだった。少女の切れ長の目の張りをあらわす言葉はあろうはずがないようで、銀平は両手の親指と人差指とで自分の目の上に、清らかな小魚の生きた形を描くようなしぐさをくりかえしながら歩いた。天上の舞曲が聞えていた。

「来世は僕《ぼく》も美しい足の若ものに生まれます。あなたは今のままでいい。二人で白のバレエを踊りましょう。」と銀平のあこがれはひとりごとを言わせた。少女の衣《い》裳《しょう》は古典バレエの白だった。裾《すそ》がひらいてひるがえった。

「この世にはなんという美しい少女がいるのだろう。家がよくなければ、あんな少女はつくれない。それも十六七までか。」

あの少女の見ごろは短いものと銀平には思われた。ひらきかけたつぼみの気高い匂いなど、今の少女たちは学生というほこりにまみれている。あの少女の美しさはなにに洗い清められ、なにで内から光り出たのだろうか。

「蛍は八時より放します。」とボオト・ハウスにも書き出してあったが、東京の六月は七時半ころが日暮れで、銀平はそれまで堀の橋を行きつもどりつした。

「ボオトにお乗りの方は番号札を持ってお待ち下さい。」とメガホンで呼ぶ声がくりかえし聞えた。蛍狩りは貸しボオト屋の客寄せかと思えるほど繁昌《はんじょう》していた。蛍はまだ放さないので橋の上の人だかりは、ボオトに乗りおりする人か水の上をゆくボオトを、ぼんやり見ているよりしかたがないようだが、ただ一人の少女を待っている銀平は生き生きとして、ボオトも人だかりも目にはいらなかった。

いちょう並木の坂道にも二度行ってみた。銀平はまたそこの溝《みぞ》にかくれていようかと思って、というより、前にかくれていたのを思い出して、石がけに手をかけてちょっとしゃがんだ。しかし蛍狩りの夕方はこの坂道にも人通りがあった。足音を聞くと銀平はいそいで坂をおりた。足音の後にまた足音が聞えていたが振りかえらなかった。

坂の下の十字路に来て、蛍狩りのどよめきをながめると、橋向うの町の燈《ひ》が今は低い空を明るくし、車のヘッド・ライトも道にゆれていて、さあいよいよと銀平はわくわくしながら、どうしたものか堀の方へは曲れないで真直《まっす》ぐ向うへ渡ってしまった。屋敷町だった。銀平を追って来た足音は無論蛍狩りの方へ曲った。しかし、その足音は銀平の背に黒い紙でも貼《は》りつけて行ったかのようで、銀平はうしろへ腕をまわした。真黒な紙に赤い矢印がついている。矢は蛍狩りの方向を示している。銀平は背の紙を取ろうともがくが、手がとどかない。腕が痛んで、関節が鳴った。

「背負ってる矢の方へいらっしゃれないの？　矢印を取ってあげるわ。」

女のやさしい声に銀平は振りかえった。うしろからは誰も来ない。屋敷町から蛍狩りへ行く人たちが、銀平に向って来るばかりだ。ラジオの女の声だった。銀平の聞いたようなことは言うはずもない、ラジオ・ドラマらしかった。

「ありがとう。」と銀平は幻の声に手を振り上げて軽々と歩いた。人間にはなにかしらゆるされるつかの間《ま》があるという思いだった。

橋の袂《たもと》に蛍売りの店が出ていた。一匹が五円で、籠《かご》は四十円だった。堀の上には蛍など飛んでいない。銀平は橋のなかほどまで渡って来てから、水のなかの小高いやぐらの上に大きい蛍籠のあるのを、やっと気がついた。

「撒《ま》け、撒け、早く撒け。」

子供たちがしきりと叫んでいて、やぐらの上の蛍を撒くのが、ここの蛍狩りと知れた。

二三人の男がやぐらにのぼっていた。やぐらの裾をボオトの群が重なるように取り巻いていた。捕虫網や竹枝を持って乗っているのもあった。橋の上や岸の人ごみにも網と竹笹《たけざさ》が立っていた。ずいぶん長い柄《え》がついていた。

橋を渡ったところにも蛍売りが見えた。

「向うは岡山産だが、こっちは甲州産だ。向うの蛍は小さいんだよ。こまかいんだよ。蛍がまるでちがうわ。」と言うのを聞いて銀平は近づいた。こちらの蛍は一匹が十円で向うの倍、籠に七匹入れて百円だという。

「大きいのを十匹入れてくれ。」と銀平は二百円渡した。

「みな大きいですよ。七匹のほかに十匹？」

蛍売りの男が大きい木綿の袋に腕をつっこむと、その濡《ぬ》れた袋の内側から鈍い光りが呼吸した。男は一匹か二匹ずつ蛍をつまみ出して筒形の籠に移した。籠は小さいのに、銀平には十七匹の蛍がはいっていそうに見えなくて、顔にかざしていると、蛍売りの男がふうっと吹いた。籠の蛍はみな光り、男の唾《つば》が銀平の顔にかかった。

「もう十匹入れないと、さびしいね。」

蛍売りがまた十匹数え入れている時、子供の歓声があがって、銀平は水しぶきに打たれた。やぐらの上から空へ向けて撒かれた蛍は、消えぎわの花火のように力なく落ちて来た。水面近くまで落ちて、やっと横に飛べる蛍もあったが、ボオトの客の網や竹笹がとらえた。蛍は合わせて十匹足らずだったろう。その蛍を取り争うのに網や笹も水づかりになる騒ぎだった。前に濡れた竹笹を振りまわす水しぶきが、岸の人たちに降りかかるわけだった。

「今年の蛍は、寒くてあまり飛ばないね。」と言う人があった。例年の催しとみえる。

続けて撒くのかと思うとそうでない。

「蛍は九時ごろまで放します。」と向う岸のボオト・ハウスの前からアナウンスされているが、やぐらの上の二三人の男は動かなかった。見物の群はひっそりと待っていて、蛍にさほどこだわらないで漕《こ》ぐオウルの音が聞えた。

「早く撒けばいいのにね。」

「よう放さないんですよ。放せばおしまいですからね。」

大人が話している。銀平は二十七匹入れた蛍籠をさげて、蛍に関しては不足がないから、また水しぶきをかけられぬように、水際《みずぎわ》からうしろへさがって、交番の前の木にもたれていた。人垣《ひとがき》を離れて立つ方が橋の上は見張りやすかった。また交番の若い巡査が温和で円満な顔を、ほとんど無心のように堀へ向けていて、銀平はそのそばに奇妙な安堵《あんど》を感じた。ここにいれば少女を見落すことはなさそうだ。

やがてやぐらの上から蛍がつづけさまに放された。つづけさまと言っても、男が手のひらに十匹ほど集めて投げるので、ちょっとつかまえにくいのか、ちょうどいい間《ま》を持たせるのか、群集のどよめきの波が寄せてはかえすたびに高まっていった。銀平も巡査とともにのどかではいられない。多くの蛍はしだれ柳の形に落ちて遠くにはゆけないが、まれには高く飛び去る蛍も、橋へ向って来る蛍もあった。橋の上の老若男女は勿論《もちろん》やぐらのある側の欄干に寄り重なっている。銀平はそのうしろをさがして歩いた。欄干の外に立って捕虫網をかまえた子供も少くなかった。よく落ちないものだ。

人々が寄ってたかって、どよめいて捕えようとする蛍の火は、こんなに頼りなげに飛ぶのだろうかと、銀平は母の村のみずうみに見た蛍を思い出そうとした。

「おうい、髪の毛にとまってるぞ。」

橋の上の男がやぐらの下のボオトに叫んだ。蛍を髪につけた娘は自分のことと気がつかない。同じボオトに乗った男がその蛍をつまみ取った。

銀平はあの少女を見つけた。

少女は橋の欄干に両腕をかけて堀を見おろしていた。白い木綿のワンピイスを著《き》ていた。少女のうしろにも人が重なっていて、人と人のあいだに、少女の肩と片頰《かたほお》がのぞけただけだが、銀平はまちがえるはずがなかった。銀平はいったん二三歩さがってから、おもむろに忍び寄って行った。少女は蛍のやぐらに気を取られていて、振りかえる気づかいはなかった。

一人では来ていないだろうと、銀平は少女の左の青年に目をとめて、胸を突かれた。ちがった男だ。犬をつれた少女を土手の上で待ち、銀平を土手の上から突き落した、あの学生とは別人なのが、うしろ姿だけでもわかる。白いワイシャツで、帽子も上著《うわぎ》もないが、これも学生と見えた。

「あれから、わずか二月だ。」と銀平は少女の早い心変りに、花を踏みつけたようなおどろきだ。少女の恋ごころは、銀平の少女にたいするあこがれにくらべても、あまりにはかなくはないか。蛍狩りに二人で来たからと言って恋仲とは限るまいが、あの愛人とのあいだにはなにごとかあったと銀平は感じた。

少女から二人目と三人目とのなかへわけ入って、銀平は欄干につかまりながら耳をすませた。蛍がまた放された。

「水野さんに、蛍を取って行ってあげたいわ。」と少女が言った。

「蛍なんて陰気くさいもの、お見舞いにはよくないよ。」と学生が言った。

「眠れない時なんかにいいでしょう。」

「さびしいよ。」

二月前の学生は病気しているのかと銀平は納得した。欄干の前へ顔を突き出すと、少女に見つかるおそれがあるので、銀平は少女の横顔をこころもちうしろからながめることになっていた。少女のやや高めにたばねた髪は、その結び目から先きが、ゆるやかな波に美しくそろっていた。いちょう並木の坂道では、もっと無造作にたばねていたようだった。

橋の上に明りはなくて薄暗いが、少女のつれの学生は前の学生よりも弱々しそうだった。友だちにちがいない。

「こんどお見舞いにいらしたら、蛍狩りの話もなさるの？」

「今夜の話……？」と学生は自分に問い返して、

「僕が行くと、町枝さんの話を出来るのが、水野はうれしいんだからね。二人で蛍狩りに行ったなんて言うと、水野は蛍がいっぱい飛んでいたように想像するだろう。」

「やっぱり蛍をあげたいわ。」

学生は答えなかった。

「私はお見舞いにも行けなくて、つらいわ。水木さんから私のこと、よく話しといてちょうだい。」

「いつも言ってるよ。水野もそれはよくわかってる。」

「水木さんのお姉さまに、上野の夜桜を見せていただいた時、町枝さん、おしあわせそうね、って言われたけれど、私はふしあわせだわ。」

「町枝さんがふしあわせだと聞いたら、姉はおどろくよ。」

「おどろかせてあげたら……?」

「うん。」

学生はふっと笑ったが、避けるように言った。

「僕もあれから姉に会っていない。生まれながらにしあわせな人があると思わせといた方がいいじゃないか。」

この水木という学生もこの町枝にあこがれているのだと銀平は見抜いた。また、水野という学生の病気がたといよくなったとしても、町枝との愛はやぶれるだろうと予感した。

銀平は欄干を離れて、町枝のうしろへ忍び寄った。ワンピイスの木綿は厚いようだった。蛍籠をさげる針金が鍵形《かぎがた》なのを、町枝のバンドにそっとひっかけた。町枝は気がつかない。銀平は橋のはずれまで行くと、町枝の腰にぽうっと明るい蛍籠を振りかえって立ちどまった。

いつのまにか腰のバンドに、蛍籠がひっかかっていると、少女が知った時にどうするだろうか。銀平は橋のなかほどにもどって人ごみにまぎれながらうかがったって、なにもそう、少女の腰をかみそりの刃で切った犯人ほどに、おそれることはあるまいに、足が橋をうしろにして行った。この少女によって今、銀平は心弱い自分を発見した。発見したのでなくて、心弱い自分に再会したのであるかもしれない。そんな風な自己弁護みたいなものにうなずいて、橋とは逆のいちょう並木の坂道の方へしおしお歩いた。

「ああっ、大きい蛍。」

銀平は空の星を見て蛍と思って、少しもあやしまなかった。むしろ感動をこめて、「大きい蛍だ。」と、もう一度口に出した。

並木のいちょうの葉に雨の音が聞えはじめた。非常に大粒で非常にまばらで、半ば水になった雹《ひょう》か、軒の雨だれのような雨の音である。平地には降るはずのない雨で、どこかの高原の闊葉《かつよう》樹木にキャンプした夜にでも聞く雨である。いくら高原でも夜露の落ちる音にしては多過ぎる。しかし銀平は高山にのぼったおぼえもないし、高原にキャンプしたおぼえもないし、どこから来る幻聴かといえば、勿論《もちろん》、母の里のみずうみの岸べであろう。

「あの村は高地というほどじゃない。こんな雨の音は、今が初めてだ。」

「いや、たしかにいつか聞いたような雨だ。深い林の――やみぎわの雨かもしれない。空から降る雨よりも木の葉にたまったしずくの落ちる方が多い時の音だ。」

「やよいちゃん、この雨は濡《ぬ》れると冷たいよ。」

「うん、町枝さんという少女の恋人は、高原のキャンプに行って、こんな雨に打たれて、病気になったのかもしれないぞ。その水野という学生の怨《うら》みで、このいちょう並木にお化け雨の音が聞える。」などと銀平は自問自答したが、降っていない雨の音を聞くのだから自由である。

銀平は今日橋の上で、あの少女の名を知ることが出来た。もし昨日、町枝か銀平かのど[illegible]んだとしたら、その名も銀平は知ることが出来ずに終ったであろう。町枝という名を知ったということだけでも、大した縁であるはずなのに、銀平はなぜ町枝のいる橋を遠ざかって、町枝のいるはずのない坂道をのぼるのだろう。しかし、蛍狩りの堀へ行く途中にも、銀平はなんとなくこの坂道に二度も来てみた。町枝を見た後でこの坂道を通らぬはずはなかった。橋の上に残して来た少女の幻はこのいちょう並木の[illegible]恋人の病気見舞いに行くのだった。

銀平はただそうしてみたかったので、なんのためともなかったのだが、自分の心を少女のからだにともすように、蛍籠を少女のバンドにひっかけたと、後からは感傷で見られるだろう。しかし少女は蛍を病人にやりたがっていた。そのために銀平は蛍籠をそっと少女にくれたのかとも思えるのだった。

白いワンピイスのバンドに蛍籠をつるして、恋人の病気見舞いに、いちょう並木の坂道をのぼる幻の少女に、幻の雨が降るなんて、

「ふん、幽霊としても平凡だぞ。」と銀平はみずからあざけるものの、町枝が今も橋の上に水木という学生といるなら、この暗い坂道にも銀平といなければならない

のだった。

銀平は土手に突きあたった。その土手にのぼろうとすると、片足の筋がつって、青草をつかんだ。青草は少ししめっていた。片足は這《は》うほど痛みはしないのだが、這ってあがった。

「おい。」と呼んで銀平は立ちあがった。銀平の這う地の裏側から、赤子が銀平につれて這っているのだ。鏡の上を這うのに似て、銀平は地の裏側の赤子と掌を合わせそうになった。冷たい死人の掌だ。銀平はあわてて、ある温泉場の娼家《しょうか》を思い出した。湯船の底が鏡になっているのだ。土手をのぼりきったところは、銀平がはじめて町枝の後をつけた日、恋人の水野に、

「ばかっ。」と突き落された、そこだった。

向うの電車通をメエデエの赤旗の通るのも見たと、町枝が土手で水野に話していた、その電車通を一台の都電がゆっくり行くのを銀平はながめた。電車の窓明りが並木の夜のしげりに動いていた。銀平はじっとながめつづけた。土手の上には幻の雨の音もない。

「ばかっ。」と叫ぶと銀平は土手をころがり落ちた。自分ではうまくころがらない。

アスファルトの道に落ちる時、片手で土手の青草につかまっていた。起き上って、その片手の匂いをかぎながら、土手下の道を歩いて行った。赤子が土手の土のなかを銀平につれて歩いて来るようでならない。

銀平の子供の行方が不明なばかりでなく、その生死さえ不明なのも、銀平の人生が不安な一つであった。子供が生きているなら必ずいつかめぐりあうにちがいない。銀平は信じている。しかしそれがはたして自分の子か、ほかの男の子かも、銀平にはしかとわからないのだった。

学生の銀平がいた素人《しろうと》下宿の門口に、夕暮、捨子があって、銀平さまの子ですというような手紙がついていた。その家の主婦は騒いだが、銀平はそううろたえも恥じもしなかった。戦争に出てゆく運命も切迫している学生が、不意打ちに捨子を拾って育てられるものでなかった。まして相手は娼婦である。

「いやがらせだよ、小母《おば》さん。逃げたんで、敵討《かたきう》ちのつもりだ。」

「子供が出来たのを、桃井さん、逃げたの？」

「いや、そうじゃない。」

「なにを逃げたの？」

それには答えないで、

「赤んぼを返して来りゃいいんだ。」と銀平は素人下宿の主婦が膝《ひざ》に抱いた赤ん坊を見おろしながら、

「ちょっと預っといて下さい。共犯者を呼んで来るから。」

「共犯者って、なんの共犯者……？　桃井さん、赤んぼをおいて、逃げるんじゃないでしょうね。」

「一人で返しにゆくのはいやだよ。」

「ええ？」と主婦は怪しんで銀平に玄関までついて来た。

銀平は悪友の西村を誘い出した。しかし赤ん坊は銀平がたずさえた。子を捨てたのは銀平の相手だったからしかたがない。オウバア・コオトのなかに抱いて下のボタンをかけたので窮屈だった。電車のなかで無論赤ん坊は泣いたが、乗客たちは大学生の奇妙な恰好《かっこう》をむしろ好意的に笑った。銀平もおどけた風にはにかみ笑いながら、オウバアの襟《えり》から赤ん坊の頭を出した。この時、銀平はうつ向いているほかはないようで、やむなく赤ん坊の頭をながめつづけた。

すでに東京は第一回の大空襲を受けて、下町の大火の後だった。軒をならべた娼

家というのではないから、銀平たちは見つけられないで路地の家の裏口に赤ん坊をおいて、爽快《そうかい》な逃走をした。

この家からの爽快な逃走には、銀平も西村も共犯の経験があった。戦時の勤労奉仕というもののために、学生も地下足袋やズックの運動靴などのぼろを持っていた。それをおき捨てて娼家を逃げ出したものだ。金もなかったのだが、逃走は爽快だった。自己の汚辱から脱出するようだった。履きものがよごれいたむ勤労奉仕だと、そのさなかに、銀平と西村は意味ありげな目くばせをした。ぼろ靴の捨て場を思って、せめて楽しんだ。

逃走しても娼家の呼出状は来た。金の催促ばかりではない。やがて戦争にゆく銀平たちは住所姓名をかくす未来もなかった。学徒出陣で学生たちは英雄であった。公娼と公認された私娼とは大方徴用や勤労奉仕で、銀平の遊んだのは密娼のたぐいであろう。もはや娼家の組織も規律もゆるんで、変則な人情がただよっていたのだろうか。戦時の厳罰をおそれ、また常時とちがう卑下をする相手のことなど、銀平たちは考えてみなかった。爽快な逃走も若い冒険として相手にゆるされていそうに思うほど、銀平たちもくずれていたのだろうか。逃走は三度四度と重なり、最後には逃げっぱなしになったのは、こういうことの習いである。

赤ん坊も路地の家におきっぱなしになったのだから、最後の逃走がもう一つ加わったわけである。三月のなかごろであったが、明くる日のひる過ぎに降り出した雪は夜にはいって積った。凍死するまで赤ん坊が路地裏におき捨ててあったとは思えない。

「昨夜《ゆうべ》でよかったね。」

「昨夜でよかった。」

そんなことを言いに、銀平は雪のなかを西村の下宿までは行った。娼家からは音《おと》沙汰《さた》がなかった。赤ん坊の行方は知れなくなった。

しかし、最後の爽快な逃走から七八ケ月も行かない路地の家が、赤ん坊をおいて来た時もなおもとのままの娼家であったかどうか。この疑いに気づいた銀平は戦地に出ていた。もとのままの娼家であったにしろ、銀平の相手の女、つまり赤ん坊の母はなおその家にいたのかどうか。密娼が妊娠《にんしん》して出産した後まで娼家にいただろうか。子供を産むのからして、あのような娼婦暮らしの秩序をはずれているくらいで、変則な人情がただよい、異常な緊張と麻痺《まひ》とが入りまざる日々では、娼家が産婦の面倒を見なかったともかぎらないが、まあなさそうである。

銀平に捨てられて、はじめてあの子はほんとうの捨子になったのではなかっただろうか。

西村は戦死をした。銀平は生きてかえって、よくも学校教師になどなった。

娼家のあった町の焼跡をさまよいつかれて、

「おい。いたずらするない。」と銀平は自分の大きな声のひとりごとにぎょっとした。あの娼婦に言っていたのだ。娼婦が自分の子でもない銀平の子でもない、誰か仲間の不用の子を借りて、銀平の素人下宿の門口に捨てた。そこを見つけたか、追っかけてつかまえたらしいのだ。

「おれに似てたのかどうか、聞いてみる西村もいないしなあ。」と銀平はまたひとりごとを言っていた。

その子は女の子であったのに、銀平をなやますその子の幻は、不思議と性別が明らかでない。そしてたいてい死んでいる。しかし正気の時の銀平はどうもその子が生きているように思う。

幼な子が円い拳《こぶし》で力いっぱい銀平の額を打ち、父親が下向くと、頭を打ちつづけたことがあるようだが、あれはいつだったか。それも銀平の幻で、うつつにありはしなかった。生きていれば今はもうそのような幼い子ではないから、今後にもありえないことである。

蛍狩りの夜、土手下の道を歩いて行く銀平につれて、土手の土のなかを歩いて来る子供も、まだ赤子だった。そしてやはり性別が明らかでない。いくら赤子だって、男の子か女の子かはっきりしないのは、それに気がつくと、のっぺらぼうのお化けのようだ。

「女だ、女だ。」と銀平はつぶやきながら小走りで、商店のならぶ明るい町に出た。

「たばこ、たばこを下さい。」

角から二軒目の店先で、息切れしながら銀平は呼んだ。白髪のばあさんが出て来た。ばあさんだが性別は明らかなものだった。銀平はほっとした。しかし、町枝は遠くに消え去ってしまった。この世にそういう少女がいると思うには、なにかしらの努力がいるほどだった。

空っぽに軽くなったような、むなしくなったような銀平に久しぶりの古里が浮かんで来た。変死の父よりも美貌《びぼう》の母が思い出される。しかし母の美しさよりも父の醜さの方がはっきり心に刻みつけられている。やよいのきれいな足よりも自分の醜い足が見えて来るようなものだ。

みずうみの岸で野生のぐみの赤い実を取ろうとして、やよいは刺《とげ》で小指に血の粒を出した時、やよいは小指の血を吸いながら、

「なぜ銀平ちゃん、ぐみの実を取ってくれないの。銀平ちゃんの猿《さる》みたいな足は、お父さんそっくりだわ。うちの方の血筋じゃないわ。」とやよいは上目づかいに銀平をにらんだ。銀平は気ちがいじみたくやしまぎれに、やよいの足を刺のなかに突っこんでやりたかったが、足にはさわれなくて、やよいの手首に嚙《か》みつきそうに歯をむき出した。

「ほら、猿の顔だわ。きいいっだ。」とやよいも歯を見せたものだ。

土手の土のなかを赤子が銀平をつけて来たのも、銀平の足がけだもののように醜いからにちがいなかった。

あの捨子の足までは、銀平も調べてみはしなかった。自分の子だとは身にしみて思わなかったからだ。調べてみて足の形が似ていれば、なによりも自分の子にちがいない証拠だったのにと、銀平は自虐《じぎゃく》し自嘲《じちょう》してみたが、まだこの世を踏まぬ赤子

の足はみなやわらかく愛らしいではないか。西洋の宗教画の神のまわりを飛んでいる幼な子たちの足がそれだ。この世の泥沼《どろぬま》や荒岩や針の山を踏むうちに銀平のような足になる。

「しかし幽霊なら、あの子に足はないはずだよ。」とつぶやいた。幽霊に足がないとは誰《だれ》が見た象徴かと、銀平は昔から自分の仲間は多かったように思った。銀平自身の足からして、すでにこの世の土を踏んでいないのかもしれない。

銀平は天から降る玉を受ける形に片方の掌を上向けて円めて、明るい灯《ひ》の町をさまよった。この世で最も美しい山はみどりなす高山ではない。火山岩と火山灰とで荒れた高山だ。朝夕の太陽に染まってどのような色にも見える。桃色でもあれば紫でもある。朝焼け夕映えの天の色の変化と同じだ。銀平は町枝をあこがれた自分に反逆しなければならない。

「上野の地下道に先生がいらしても行きます。」という久子の予言的な愛の宣誓か別離の宣告かを思い出して、その地下道は現在どうなっているかと銀平は上野に現われた。

さすがにここもうさびれたというか、落ちついたというか、常宿になれたらしい浮浪者が地下道の片側に一列に寝そべったりうずくまったりしているだけだった。紙屑《かみくず》拾いのような背負い籠を枕《まくら》もとにおいて、炭の空俵やむしろを敷いているのもあって、大きい風呂敷包《ふろしきづつみ》を持つのはよい方らしく、昔からありきたりの浮浪者の姿だった。通行人には全く無関心である。目を上げて見向いたりなどはしない。自分の方が見られていることも感じない。今から眠っているのはうらやましいほどの早寝だ。若い夫婦者の一組は、女が男の膝《ひざ》を枕にし、男が女の背にかぶさって、安らかに眠っていた。夫婦が一つに円まって寝た姿で、夜汽車などで真似《まね》てもこううまくはゆくまい。つがいの小鳥が頭を相手の羽毛に入れて眠ったのに似た感じである。三十そこそこであろう。夫婦者というのがめずらしいので銀平は立ってながめていた。

しめっぽい地下の匂《にお》いに、焼鳥やおでんの匂いもまざっている。銀平はコンクリイトの穴にさがったようなのれんをくぐって、焼酎《しょうちゅう》を二三杯飲んだ。足もとのうしろに花模様のスカアトが見えて、のれんをまくると、男娼《だんしょう》が立っていた。顔を見合わせても、男娼はなんとも言わないで色目をつかった。銀平は逃亡した。爽快《そうかい》ではなかった。

上の待合室をのぞくと、ここにも浮浪者の匂いがこもっていた。入口に駅員が立っていて、

「乗車券を拝見します。」と、銀平は言われた。待合室へはいるのに乗車券がいるとはめずらしい。待合室の壁の外側には、浮浪者のようなのがぼんやり立ったり、しゃがんでもたれたりしていた。

駅を出た銀平は男娼の性別について考えながら裏町に迷いこむと、ゴムの長靴《ながぐつ》をはいた女に行きあった。薄よごれた白いブラウスに黒のはげたズボンをはいていた。半ば男装である。洗いちぢまったようなブラウスに胸のふくらみがない。黄色の顔が日やけして、化粧はしていない。銀平は振りかえった。すれちがう時から意味ありげだった女は銀平に寄って来た。あとをつけて来た。女のあとをつけることのある銀平は、こうなればうしろに目があるようなものだった。うしろの目が生き生きとして来た。しかし、女がなんのためにあとをつけて来るのかは、銀平のうしろの目もわかりかねた。

はじめて銀平が玉木久子をつけて、鉄門の前から逃げ出して、近くの盛り場まで来た時、ストリイト・ガアルの言いぐさでは、「つけて来たというほどでもない」

つけ方をされたことはあったが、今のこの女は風体《ふうてい》からして娼婦ではない。ゴムの長靴にも泥がついていた。その泥もしめっているのでなく、幾日か前についたのを落しもしてないようである。ゴムの長靴そのものも白っぽくこすれて古びていた。雨でもないのに、上野あたりをゴムの長靴で歩く女はなんであろうか。足がかたわなのか。みにくいのか。ズボンをはいているのもそのためか。

銀平は自分のみにくい足が目に浮かび、さらにみにくい女の足があとを追っていると思うと、急に立ちどまって、女をやり過そうとした。しかし女も立ちどまった。両方から問いかけるような目つきがぶっつかった。

「なにか私に御用ですか。」と女が先きに言った。

「こっちで聞くことだよ。君があとをつけて来たんじゃないか。」

「あんたが目くばせしたのよ。」

「君が目くばせしたんだ。」と言いながら、銀平は女とすれちがった時になにか合図でもしたように取られるところがあったのだろうかと考えてみたが、たしかに女の方が意味ありげであったと思える。

「女にはめずらしい恰好《かっこう》だから、僕《ぼく》はちょっと見ただけだ。」

「別にめずらしくはないでしょう。」

「君はなにかい、目くばせされるとついて来るの？」

「なにか気になる人だからよ。」

「君はなんだね。」

「なんでもないわ。」

「なにか目的があるんだろう、僕をつけて来たのには……？」

「つけて来たんじゃなく、まあ、ついて来てみたのよ。」

「ふうん。」と銀平は女を改めて見た。口紅もつけていない脣《くちびる》の色が悪く黒ずんで、金をかぶせた歯がのぞいていた。年はわかりにくいが四十少し前だろうか。一皮目の光りが男のように乾いて底鋭い。人をねらっているようだ。そして片方の目がよけい細い。日やけした顔の皮はこわばっている。銀平はなにか危険を感じると、

「まあ、そこまで行こう。」と言うはずみに手をあげて、軽く女の胸にさわってみた。女にはちがいなかった。

「なにすんのよ。」と女は銀平の手をつかんだ。女の手のひらはやわらかかった。労働しているらしくはない。

一人の人間が女であるかどうかを確めるなど、銀平にもはじめての経験だった。女であることはわかっていたようなものの、女であることを自分の手で確めたとなると、銀平は奇妙に安心して、親愛さえ感じた。

「まあ、そこまで行こう。」ともう一度言った。

「そこまでって、どこさ。」

「このへんに気楽な飲み屋はないかね。」

異様ないでたちの女をつれてはいれるような店がないかと、銀平は明るい灯の町に後もどりした。おでん屋風の店にはいった。女はついて来た。おでんの鍋《なべ》のまわりにコの字形の席があって、別に離れたテエブルもあった。コの字形の方には客が大方腰かけているので、銀平は入口に近いテエブルについた。あけひろげた入口ののれんの下に道行く人たちの胸のあたりまでが見えた。

「酒かビイルか。」と銀平は言った。

銀平はこの男のような骨格の女をどうするつもりもなかった。すでに危険のないことはわかり、また目的がないのは気楽だった。酒かビイルかもあなたまかせだった。

「お酒をいただくわ。」と女は答えた。

おでんのほかに簡単な料理も出来るらしく、品書きの紙札が壁にならんでいた。その註文《ちゅうもん》も女にまかせた。女のずうずうしさから、銀平は女を怪しい家の客引きであろうかと思ってみた。それだと納得がいく。しかし銀平は口に出さなかった。女の方では銀平を少し危険と見て、誘いをかけなかったのかもしれぬ。あるいは銀平になにか親近を感じてついて来たのかもしれぬ。とにかく女もはじめの目的は一応捨てたらしい。

「人間の一日って妙なものだね。なにが起きるかわからない。見ず知らずの君と飲んだりしてさ。」

「そうよ。見ず知らずよ。」と女はただ杯を傾ける調子づけのように言った。

「今日という日は、君と飲んでおしまいだな。」

「おしまいよ。」

「もう今夜は、ここから帰るのか。」

「帰るわ。子供が一人で待ってるから。」

「子供があるのか。」

女は立てつづけによく飲んだ。銀平は女の飲むのをながめている風だった。蛍狩りであの少女を見、土手で赤子の幻に追われ、こうしてゆきあたりばったりの女と飲んでいるのが、銀平は一夜のうちのこととはとうてい信じられないようだった。しかし、信じられないようなのは、女がみにくいからにちがいなかった。蛍狩りに美しい町枝を見たのが夢現で、安酒場にみにくい女といるのが現実だと、今はしなければならないのだが、銀平は夢幻の少女をもとめるためにこの現実の女と飲んでいるような気もしていた。この女がみにくければみにくいほどよい。それによって町枝の面影《おもかげ》が見えて来そうだった。

「君はどうしてゴム長をはいてるんだ。」

「出がけに、今日は雨だと思ったのよ。」と女の答えは明快だった。ゴムの長靴のなかの女の足を見たい誘惑に銀平はとらえられた。女の足がみにくかったら、いよいよ銀平にふさわしい相手だろう。

飲むにつれて女のみにくさは増して来た。大きさがびっこの目は細い方がなお細くなった。その細い方で銀平を流し目に見て、肩がふらふら傾いた。銀平がその肩をつかんでも避けなかった。銀平は骨をつかんでいる感じがした。

「こんなに痩《や》せてちゃ、だめじゃないか。」

「しかたがないわ、女一人で子供をかかえてるんだから。」

子供と二人で裏町に間借りしているような話だった。十三の女の子は中学に通わせてあるそうだ。亭主《ていしゅ》は戦死したという。どうだか知れたものでないが、子供のあることはほんとうらしかった。

「君の部屋まで送ってゆくよ。」と銀平がくりかえすと、うなずいていた女は、

「子供がいるから、うちはだめよ。」と女はしまいに真顔で言った。

銀平と女とは板前の方を向いてならんで腰かけていたのが、女はいつか銀平の方に向き直って、しなだれかかるように崩れていた。どうやら身をまかせそうなけはいだった。銀平は世の果てに来たようにかなしくなった。なにもそれほどのことはないのだが、町枝を見た夜だからかもしれなかった。

女は酒の飲み方もいやしかった。銚子《ちょうし》を註文するたびに、銀平の顔色をうかがった。

「もう一本飲めよ。」と銀平が終りに言うと、

「歩けなくなるわよ、いい？」と銀平の膝に手をついて、

「もう一本だけね、コップにちょうだい。」

そのコップの酒は脣の端からだらしなく流れ、テエブルにもこぼれた。日やけした顔は赤黒く紫がかった。

おでん屋を出ると女は銀平の腕にぶらさがった。銀平は女の手首をつかまえた。思いがけなくなめらかだった。花売り娘に出会った。

「花を買ってよ。子供に持って帰ってやるから。」

しかし、女は小暗い町角のシナそば屋の屋台にその花束をあずけた。

「小父《おじ》さん頼むわ。すぐもらいに来ますからね。」

花を渡してしまうと女はなお酔いが出た。

「私はなん年も男っ気はなしよ。でも、しかたがないわ。めぐりあったが運のつきということもあるわね。」

「うん。まあ似合いだね。しようがないな。」と銀平はしぶしぶ調子を合わせていたが、女ともつれて歩いていることに自己嫌悪《けんお》を感じているだけだった。ただゴムの長靴のなかの女の足を見たいという誘惑が動いていた。しかしそれも銀平にはもう見えているようだった。女の足指は銀平のように猿みたいではないが不恰好で、茶色っぽい皮が厚いにちがいなく、銀平と二人で裸の足をのばしたところを思うと嘔吐《おうと》を催しそうだった。

どこへ行くのか、銀平はしばらく女にまかせていた。裏町にはいって、小さい稲荷《いなり》の祠《ほこら》の前に来た。その隣りがつれこみの安宿だった。女はためらった。銀平はからみついていた女の腕をほどいた。女は道ばたに崩れた。

「子供が待ってるんなら、早く帰れよ。」と銀平は立ち去った。

「ばかっ、ばかっ。」と女は叫んで、祠の前の小石を投げつづけた。その一つが銀平のくるぶしにあたった。

「あいた。」

銀平はびっこをひいて歩きながら、なさけない気持だった。町枝の腰に蛍籠をつるして、なぜ真直《まっす》ぐに帰らなかったのだろう。貸し二階にもどって靴下《くつした》を脱ぐと、くるぶしが薄赤くなっていた。

解説

中村真一郎

この作品は一九五四年に雑誌『新潮』に連載され、翌五五年に新潮社から単行本として出版された。

それは戦後の名作と評される『千羽鶴《せんばづる》』『山の音』の書かれた直後の時期であり、そして『ある人の生のなかに』を書く直前である。

私は『山の音』を『雪国』以来の川端氏の仕事の正統の発展だと思う。そして、『千羽鶴』はその『山の音』の完成した境地からのデカダンスの、妖《あや》しい揺らめきの仄《ほの》あらわれた作品と見る。

その後に来たこの『みずうみ』はもはや、デカダンスの底であり、それに続く『ある人の生のなかに』は、従来の川端氏には見られなかった、一種の文明批評が主題となっている。

一体、川端氏の作家的進展、長い作品系列による作家の自己実現は、ある短い標語のようなもので捉《とら》えるには困難である。氏の姿は定着したと思うと、また忽《たちま》ち崩れて、別の方向に美しい渦《うず》を作る。その渦もまたひとときであり、また違う方向に逃げ水のように消えたと思うと、意外なところに、意外な姿をみせる。それはバレーの踊り子が舞台のいろいろな場所に現われては、また消えて行き、次の瞬間にまた新たな旋律に誘われて、別の方向から踊りでるのにも似ている。

そして、その踊りは、前の踊りとは似ているようで違っており、それでいて、またいつかはじめの方での振りを、ふと連想させるような身体《からだ》の線を見せる。

だから、川端氏の文学を、新しいのか古いのか、伝統的なのか革新的なのか、と問うのは困難であり、屢《しばしば》々野暮でさえあるだろう。

文学史的にいえば、氏は昭和初期の新感覚派の一員である。新感覚派はこれもまた通説に従えば、西欧の第一次大戦後の新しい文学運動の影響下に生れたものだということになっている。一時期の川端氏はたしかにそうした新感覚の誇示者であったともいえるだろう。たとえば『水晶幻想』(一九三一年)は、そうした「内的独白」(monologue intérieur)という西欧二十世紀の前衛的作家たちの発明した手法によって描かれ——そうして、これは驚くべきことだが、成功した作品である。

しかし、そうした一時期のあとで、氏のなかの抒情性《じよじよう》は、より自由に自然に流露しはじめると共に、次第に伝統的な——というのは、近代の自然主義中心の考え方の伝統ではなく、より古い、中世以来の抒情的伝統なのだが——そういう伝統的な作家としての氏の姿を大きく形成させて行った。

『雪国』は戦時中、東亜の端々までに散って行った、青年たちの胸に、日本の姿、遠い母の国である、古い懐《なつ》かしい日本の姿を、幻影のように浮びあがらせることができた。

そして、戦後の荒廃のなかでは、今度は、『山の音』は静かな日本人の生き方を、また死に方を、——要するに、昔から変らない風景のなかでの、日本人の古くからの自然な生活を、ひそかな声で語り聞かせてくれた。そこには独特の不安の影も揺曳《ようえい》していた。しかし、その影もまた氏の細緻《さいち》な筆によって、美的なものに転化することで、救いとなっていた。

そうした日本的な鎮魂歌の歌い手であった川端氏は、突然に『みずうみ』という衝撃的な作品を発表した。『山の音』のなかで、深い眠りの底まで、微《かす》かに伝わってきて、夢を時々、ゆがませたまま消えて行った、不安な物音は、この作品においては、不意に轟音《ごうおん》となって、解き放たれた、といった趣きがある。実際、それまでの川端文学の追随者たち、理解者たちの何人もが、この新作に接して困惑し、嫌悪《けんお》を表明したのを、私は今でも覚えている。

実はそうした、『山の音』までの川端文学の熱愛者のひとりから、この『みずうみ』についての、不快な読後感を情熱的に聞かされている間に、それまで氏の文学について比較的疎遠《そえん》であった私は、逆に次第に強い興味を抱《いだ》くに至った。そして、私は直ちに一読し、三嘆した。この作品は私にとっては戦後の日本小説の最も注目すべき見事な達成だと感じられた。次手《ついで》に告白しておくと、私を『みずうみ』の方へ引寄せる皮肉な導者の役割を演じてくれたのは、三島由紀夫氏である。私は三島氏に感謝している。それはただ、私をこの作品に招待してくれたからというだけでなく、これほど問題のある作品について、私と完全に対立する意見を、独特の繊細な表現によって、私に語ってくれたからである。傑《すぐ》れた作品について傑れた観賞家と語る時間は、人生のなかの最も美しい時間ではないだろうか。そして、その場合、意見は対立すればするほど、愉《たの》しみもまたまさるというものである。

私がこの作品について感じた最初の驚きは、主人公の「意識の流れ」(the stream of consciousness) の描写の美しさである。「意識の流れ」という文学的手法は、西欧二十世紀の新しい作家たちの創造した、「新しい現実面」の表現の方法である。それは十九世紀の客観主義の方法と、極端に反対の主観的方法であり、その方法は従来の小説では描かれなかった、私たちの心の動きの秘密を探りだしてくれる。従来の方法で捉えれば、単なる偏執者となったかも知れない、この主人公は、この方法によって「内部」から描かれることによって、その執念、その情念が、永遠の憧《あこが》れの姿にまで、象徴化されることができた。

ここでは、小説の地肌《じはだ》は、外部の現実ではなく、主人公の意識である。従って、そこは時間空間の束縛を免《まぬか》れている。私たちは丁度、プルーストの小説におけるように、ふとした小さな物事を転機として、全く異った時間の別の事件に案内される。そうして、その事件（というより、その断片）は、いかにも川端氏らしい抒情的感覚的映像であるから、一編の小説は幾つかの華《はな》やかな布地の綴織《つづれお》りのような面影《おもかげ》を作ることになる。

こうした小説は従来にはなかった。もし、これと似た小説を求めようとすれば、やはり現代のフランスの実験的な作家の仕事のなかへ探しに行かなくてはならない。たとえば、新進小説家クロード・モーリアック（あの大モーリアックの子供である）の『全《すべ》ての女は宿命的』(Toutes les Femmes sont fatales)である。おそらく、これほどかけはなれた地点で仕事をしていた、二人の作家に、方法的にこれほど類似した作品を生ませたというのは、そこに共通の出発点があったからだ、といっても、必ずしも解釈過剰とはいえないだろう。

二人ともその才能を育てさせる地盤のなかには、二十世紀の作家たちの知的冒険の記憶が融《と》けこんでいる。『みずうみ』を書いたのは、往年の『水晶幻想』の作者なのである。

ふたりが、モーリアックと川端氏との相違もまた、私の関心の大きなものである。ふたりとも主人公の意識を舞台として、多くの女性の思い出を混ぜ合せている。しかし、川端氏の場合、その「混ぜ合せ方」は、超現実主義的ではあるが、日本的超現実主義――中世の連歌《れんが》における、「匂《にお》い付け」と呼ばれるような、不思議に微妙な連想作用によって行われているのである。

従ってこの作品は、西欧の最も新しい文学的冒険と照応しながら、一方で古い日本の美学の最も本質的なものの現代的再現と云《い》える。それは屢〻ホアン・ミロの幻想に似ている。と同時に、我国王朝末期の頽唐《たいとう》期の物語の世界でもある。

こうした危処での成功は、何よりも後来の作家にとっては、羨望《せんぼう》の念に耐えざらしめるものと云わざるを得ない。

最後に一言。この小説の構成も、映像も、筋立ても、そしてまたその後味も、夢に似ている。大概の小説は現実に似ていることで迫真性を持っているとすれば、この小説はその逆なのである。私たちは夢によって、日常生活では忘れている、私たちの内部に入って行く。この小説はそうした心の奥底への遍歴に、私たちをうながす作用をする。そうした点では、この小説は、ノヴァーリスやティークのドイツ浪曼《ローマン》派の仕事、またそれを受けついだフランスのネルヴァールのような人たちの仕事とも、遥かに通い合っている。そうして、将来の文学の方向を予想する時、この夢の領域の開拓は、必ず人性認識に大きな貢献をするだろう。超現実主義も、意識の流れも、そうした方向での試みであった。この『みずうみ』も、その方向から眺《なが》めると、様々の感想が起るだろうと思う。

（昭和三十五年十二月、作家）

解説

角田光代

この小説には、かなり緻密《ちみつ》に構成されたストーリーがある。登場人物たちは奇妙に入り組んだ関係を持ち、その関係は意外なほどまじりあっていく。

小説の中心にいるのは桃井銀平、三十四歳。自分の足がみにくいことに強烈な劣等感を持ち、うつくしい女性を見かけるとそのあとをつけてしまう性癖を持っている。

小説の前半、彼があとをつけた女性が二人、回想のなかに登場する。

かつて高校の国語教師をしていた銀平があとをつけたのは、教え子の玉木久子である。彼女と銀平はその後恋仲になり、愛し合った記憶は「銀平のこれまでの半生でもっとも幸福」な時間だった。その関係が、久子の親友の告発で暴露され、久子は転校を、銀平は失職を余儀なくされる。

教師をやめ、久子に去られた銀平が次にあとをつけるのは、二十五歳の水木宮子だ。彼女は七十歳近い有田老人にかこわれていて、女中のたつとその娘のさち子と三人で暮らしている。有田老人には自宅に家政婦という名目の愛人がおり、この愛人、梅子も、宮子も、おたがいの存在を知ってはいるものの、女の嫉妬《しっと》を死ぬほど恐怖している有田老人の手前、それぞれを黙認している。

この有田老人は久子の転校先の理事をつとめていて、銀平は、面識はないものの有田の演舌の原稿を代筆して稼いでいる。

宮子には啓助という弟がおり、この弟は町枝という十五歳の少女に恋をしているが、水野という彼の友人が町枝の恋人である。町枝と水野は親に交際を反対されていて、双方の家同士嫌いあっているため、二人はこっそりと逢《あ》い引《び》きをしなければならない。

この町枝が犬を散歩させているのを見かけ、銀平はまたしてもあとをつける。ところが彼女は久子とも宮子ともちがい、まったく銀平に気づかない。話しかけられても、銀平の存在は意識の外にある。しかし銀平にはこの少女の目はみずうみにも思えて、その姿を見たくてたまらず、歩道と屋敷のあいだの溝に隠れてまで、彼女が通り過ぎていくのを待つ。

登場人物たちの関係をここまで整理してみて、設定の奇抜さと緻密さにあらためて驚く。突飛に感じられるくらい入り組んでいるのに、細部にまで現実味があることにも。

しかしながら私がもっとも驚くのは、ここまで緻密に練られたストーリーを読み終えたのち、心に残るのがストーリーではない、ということなのだ。いや、これはもしかしたら私だけの感想かもしれない。『みずうみ』を読み終わったときにあたまに残っているのは、私の場合、ストーリーではなくて幾多の強烈なイメージだ。映画を見ていたら、展開するストーリーとは関係のない奇妙な光景が、ぱっとインサートされ、そればかり覚えているような感覚だ。

たとえば、釘箱《くぎばこ》にいっぱいに詰まった釘である。釘は凶暴なくらい鋭く銀色に光っている。それから蜘蛛《くも》の巣にかかった目白。燃える炎に乗って水の上を流れていくひと組の恋人。背中に貼《は》りつけられた矢印の貼り紙と、とってあげるという女の声。農家の馬に乗った、白い手ぬぐいを首に巻いた女。子どものてのひら。地面の下を這《は》う赤ん坊。

そしていくつものみずうみだ。凍ったみずうみに立つ幼い子どもたち。みずうみの向こうに見える夜火事。みずうみに映る山桜。湖面を照らし出す稲妻と、静まりかえったみずうみに浮かぶ蛍。

おそらくこの小説は、二つの世界を同時に描いている。私が先に書いたあらすじは、この小説において現実に起きていることだ。現実に起きていることは、見え、聞こえ、触れられる。その現実の世界は、人と人が実際に会ったり言葉を交わしたりすることで、さざ波のように様相を変えていく。

もうひとつの世界は、現実には起きていない、いわば無意識の世界だ。私に強烈な印象を残すいくつものイメージは、銀平の見る幻である。それは銀平がどうこうしようと思って湧《わ》き上がってくるものではなく、彼自身も出どころを突き止めることのできない、自身の奥深くからぬるっとあらわれるものだ。だから、ほとんどの場合、閃《せん》光《こう》のように浮かぶイメージには脈絡がなく、意味もない。あるとしても、銀平その人にも把握できない脈絡や意味だ。

この作家がすごいのは、前者ではなくて後者の世界を書けるからだと私は思う。銀平の無意識から湧き上がる、この世のどこにもない光景を、そっくりそのまま、私たち読み手自身が見たかのように見せ、見せるばかりか刻印のように残してしまう、その文章の力のゆえだと思うのだ。小説内で起きる現実のできごとは、銀平の無意識に支えられながら動いているともいえるし、彼の無意識もまた、現実から刺激を受けてかたちを変え続ける。意識と無意識の、此《し》岸《がん》と彼岸の境界線を、この小説はいきつ戻りつして進んでいる。読後、小説の具体的なあらすじを忘れてしまい、幻ばかりが印象に残っているのは、だからだと思う。目に見えないものと切り離されて存在する現実はないし、無意識から切り離された意識はなく、彼岸から切り離された此岸はないのである。そして読み手の私にとって、現実はよく見知った世界だが、当然ながら無意識の世界は見たことがない。その見たことのないものがこうも生々しく描かれているから、そればかりが記憶に残るのだと思う。

くり返し出てくるみずうみの幻は、正確には幻ではなくて、銀平の記憶にあるみずうみである。銀平にとって、母の郷里にあるこのみずうみは死と直結している。銀平がまだ幼いころに、父親がこのみずうみで変死している。他殺か自殺か事故かわからず、ゆえに、まるでみずうみが意思を持って引きずりこんだとも思えるような死にかたである。

さらに、銀平の初恋の相手であるいとこの家で、犬がくわえてきた鼠《ねずみ》の死骸《しがい》を、みずうみに捨ててくるよう銀平は命じられる。かつては恋い焦《こ》がれたいとこのやよいを、やがて銀平は呪詛《じゅそ》し怨恨《えんこん》するようになり、このみずうみに沈んでしまえばいいと思う。

成長した銀平が見るみずうみの幻は、観光客が写真を撮るようなあかるい陽の下のみずうみではなくて、その向こうに夜火事が見えたり、稲妻が光っていたり、不吉に山桜がうつっていたりする、あやしげなうつくしさを持った、まがまがしいものばかりだ。

このみずうみは、小説において、現実とそうでないもののあいだ、私たちが認知できる世界とできない世界の真ん中に存在している。無意識から湧き上がる幻は、すべてこのみずうみで精製されて銀平のもとに届くようにすら思える。銀平を襲う幻はつねにあやしく、うつくしく、まがまがしく、深いかなしみを含んでいる。

銀平が町枝に出会ってのち、小説内で起きるできごとは、現実とそうでないもののあいだでぶれはじめるように感じられる。老人を揶揄《やゆ》する歌をうたってよろめき歩いて遊ぶ子どもたちは、はたして現実に存在するのか。背中に貼りつけられた矢印の貼り紙ははたして幻だったのか。銀平は蛍のかごをたしかに町枝のベルトに引っかけたのか。その後に聞く雨の音は本当に幻の雨なのか。そして、銀平の秘された過去の真偽もぶれる。はたして赤ん坊はだれの子だったのか。赤ん坊は男だったのか女だったのか。赤ん坊は生きているのかいないのか。それともみにくいこの世を踏むことなく、みずうみに沈んでいったのか――そんな、書かれていない幻を、見てしまったような気持ちにすらなる。

暗いかなしみに満ちたこの小説のラストは、しかし生命力に満ちているように私には思える。つねにうつくしいものに恋い憧《あこが》れ、自身の足のみにくさに苦しめられてきた銀平は、「町枝をあこがれた自分に反逆」するかのように上野の地下道にいき、ゴム長靴を履いた若くない女に出会って飲みにいく。作家の筆は、うつくしい女性の造形を書くときと同様、みにくいもののみにくさを書くときにも冴《さ》えわたる。酔えば酔うほど女は卑《いや》しくなり、みにくさは増す。女が語るのは疲れた生活そのものだ。銀平は「世の果てに来たようにかなしくなった」が、でも彼女とともにいるときに幻はあらわれない。みずうみもあらわれない。「安酒場にみにくい女といる」という現実だけがある。ここで銀平は、みにくさから逃げる必要もなく、うつくしさを、若さを、追いかける必要もない。無意識と死の予感に苦しめられることもない。ここでは銀平は、此岸に引き揚げられている。

幾度読んでも、読み終えると小説の「現実的な」詳細はすぐに薄ぼんやりとしてくる。それで読み返して、そうだったかと、緻密な構成に驚く。そして、銀平の見る幻にいちいち息をのんで、何度でも魅入ってしまう。読み終わってみれば、毎度毎度、小説の、無限に広がっていく可能性に気の遠くなる思いがする。

（令和四年十月、作家）

この作品は昭和三十年四月新潮社より刊行された。

川端康成著

雪国

温泉町の女、駒子の肌は白くなめらかだった。彼女に再び会うため島村が汽車に乗ると……。日本的な「美」を結晶化させた世界的名作。

川端康成著

伊豆の踊子

旧制高校生の私は、伊豆で美しい踊子に出会う。彼女との旅の先に待つのは——。若き日の屈託と瑞瑞しい恋を描く表題作など4編。

川端康成著

愛する人達

円熟期の著者が、人生に対する限りない愛情をもって筆をとった名作集。秘かに愛を育てる娘ごころを描く「母の初恋」など9編を収録。

川端康成著

掌《てのひら》の小説

自伝的作品である「骨拾い」「日向」、「伊豆の踊子」の原形をなす「指環」等、著者の文学的資質に根ざした豊穣なる掌編小説122編。

川端康成著

舞姫

波子の夢は、娘の品子をプリマドンナにすることだった。寄る辺なき日本人の精神の揺らぎを、ある家族に仮託して凝縮させた傑作。

川端康成著

山の音

62歳、老いらくの恋。だがその相手は、息子の嫁だった——。変わりゆく家族の姿を描き、戦後日本文学の最高峰と評された傑作長編。

川端康成著

女であること

家出娘のさかえ、弁護士夫人の市子、殺人犯の娘妙子。三人の女性を中心に、女であることの幸せと哀しさ、美しさを描く至高の長篇。

川端康成著

虹いくたび

建築家水原の三人の娘はそれぞれ母が違う。みやびやかな京風俗を背景に、琵琶湖の水面に浮ぶはかない虹のような三姉妹の愛を描く。

川端康成著

眠れる美女

毎日出版文化賞受賞

前後不覚に眠る裸形の美女を横たえ、周囲に真紅のビロードをめぐらす一室は、老人たちの秘密の逸楽の館であった——表題作等3編。

川端康成著

古都

祇園祭の夜に出会った、自分そっくりの娘。あなたは、誰？　伝統ある街並みを背景に、日本人の魂に潜む原風景が流麗に描かれる。

川端康成著

千羽鶴

亡き父のかつての愛人と、愛人の娘と、美しき令嬢……時代を超えて受け継がれていく茶器と、それを扱う人間たちの愛と哀しみの物語。

川端康成著

少年

彼の指を、腕を、胸を、唇を愛着していた……。旧制中学の寄宿舎での「少年愛」を描き、川端文学の核に触れる知られざる名編。

三島由紀夫著

潮（しおさい）騒

新潮社文学賞受賞

明るい太陽と磯の香りに満ちた小島を舞台に海神の恩寵あつい若くたくましい漁夫と、美しい乙女が奏でる清純で官能的な恋の牧歌。

三島由紀夫著

金閣寺

読売文学賞受賞

どもりの悩み、身も心も奪われた金閣の美しさ——昭和25年の金閣寺焼失に材をとり、放火犯である若い学僧の破滅に至る過程を抉る。

三島由紀夫著

春の雪

（豊饒の海・第一巻）

大正の貴族社会を舞台に、侯爵家の若き嫡子と美貌の伯爵家令嬢のついに結ばれることのない悲劇的な恋を、優雅絢爛たる筆に描く。

三島由紀夫著

禁色

女を愛することの出来ない同性愛者の美青年を操ることによって、かつて自分を拒んだ女達に復讐を試みる老作家の悲惨な最期。

三島由紀夫著

午後の曳《えい》航《こう》

船乗り竜二の逞しい肉体と精神は登の憧れだった。だが母との愛が竜二を平凡な男に変えた。早熟な少年の眼で日常生活の醜悪を描く。

三島由紀夫著

手長姫　英霊の声
―1938-1966―

一九三八年の初の小説から一九六六年の「英霊の声」まで、多彩な短篇が映しだす時代の翳、日本人の顔。新潮文庫初収録の九篇。

夏目漱石著 こころ

親友を裏切って恋人を得たが、親友が自殺したために罪悪感に苦しみ、みずからも死を選ぶ、孤独な明治の知識人の内面を抉る秀作。

夏目漱石著 文鳥・夢十夜

文鳥の死に、著者の孤独な心象をにじませた名作「文鳥」、夢に現われた無意識の世界を綴り、暗く無気味な雰囲気の漂う、「夢十夜」等。

夏目漱石著 明暗

妻と平凡な生活を送る津田は、かつて将来を誓い合った人妻清子を追って、温泉場を訪れた——。近代小説を代表する漱石未完の絶筆。

芥川龍之介著 羅生門・鼻

王朝の説話物語にあらわれる人間の心理に、近代的解釈を試みることによって己れのテーマを生かそうとした〝王朝もの〟第一集。

芥川龍之介著 蜘蛛《くも》の糸・杜子春《とししゅん》

地獄におちた男がやっとつかんだ一条の救いの糸をエゴイズムのために失ってしまう「蜘蛛の糸」、平凡な幸福を讃えた「杜子春」等10編。

芥川龍之介著 河童・或阿呆《あるあほう》の一生

珍妙な河童社会を通して自身の問題を切実にさらした「河童」、自らの芸術と生涯を凝縮した「或阿呆の一生」等、最晩年の傑作6編。

森鷗外著
青年

作家志望の小泉純一を主人公に、有名な作家、友人たち、美しい未亡人との交渉を通して、一人の青年の内面が成長していく過程を追う。

森鷗外著
ヰタ・セクスアリス

哲学者金井湛なる人物の性の歴史。六歳の時に見た絵草紙に始まり、悩み多き青年期を経ていく過程を冷静な科学者の目で淡々と記す。

森鷗外著
阿部一族・舞姫

許されぬ殉死に端を発する阿部一族の悲劇を通して、権威への反抗と自己救済をテーマとした歴史小説の傑作「阿部一族」など10編。

谷崎潤一郎著
痴人の愛

主人公が見出し育てた美少女ナオミは、成熟するにつれて妖艶さを増し、ついに彼はその愛欲の虜となって、生活も荒廃していく……。

谷崎潤一郎著
春琴抄

盲目の三味線師匠春琴に仕える佐助は、春琴と同じ暗闇の世界に入り同じ芸の道にいそしむことを願って、針で自分の両眼を突く……。

谷崎潤一郎著
細雪（ささめゆき）

毎日出版文化賞受賞（上・中・下）

大阪・船場の旧家を舞台に、四人姉妹がそれぞれに織りなすドラマと、さまざまな人間模様を関西独特の風俗の中に香り高く描く名作。

角田光代著

キッドナップ・ツアー

産経児童出版文化賞・路傍の石文学賞受賞

私はおとうさんにユウカイ(=キッドナップ)された！　だらしなくて情けない父親とクールな女の子ハルの、ひと夏のユウカイ旅行。

角田光代著

さがしもの

「おばあちゃん、幽霊になってもこれが読みたかったの？」運命を変え、世界につながる小さな魔法「本」への愛にあふれた短編集。

角田光代著

くまちゃん

この人は私の人生を変えてくれる？　ふる／ふられるでつながった男女の輪に、恋の理想と現実を描く共感度満点の「ふられ小説」。

角田光代著

笹の舟で海をわたる

不思議な再会をした昔の疎開仲間は、義妹となり時代の寵児となった。その眩さに平凡な主婦の心は揺れる。戦後日本を捉えた感動作。

角田光代著

平凡

結婚、仕事、不意の事故。あのとき違う道を選んでいたら……。人生の「もし」を夢想する人々を愛情込めてみつめる六つの物語。

角田光代著

しあわせのねだん

私たちはお金を使うとき、べつのものも確実に手に入れている。家計簿名人のカクタさんがサイフの中身を大公開してお金の謎に迫る。

小川洋子著　**薬指の標本**

標本室で働くわたしが、彼にプレゼントされた靴はあまりにもぴったりで……。恋愛の痛みと恍惚を透明感漂う文章で描く珠玉の二篇。

小川洋子著　**まぶた**

15歳のわたしが男の部屋で感じる奇妙な視線の持ち主は？　現実と悪夢の間を揺れ動く不思議なリアリティで、読者の心をつかむ8編。

小川洋子著　**博士の愛した数式**
本屋大賞・読売文学賞受賞

80分しか記憶が続かない数学者と、家政婦とその息子——第1回本屋大賞に輝く、あまりに切なく暖かい奇跡の物語。待望の文庫化！

小川洋子著　**海**

「今は失われてしまった何か」への尽きない愛情を表す小川洋子の真髄。静謐で妖しく、ちょっと奇妙な七編。著者インタビュー併録。

小川洋子著　**いつも彼らはどこかに**

競走馬に帯同する馬、そっと撫でられるブロンズ製の犬。動物も人も、自分の役割を生きている。「彼ら」の温もりが包む8つの物語。

小川洋子著　**博士の本棚**

『アンネの日記』に触発され作家を志した著者の、本への愛情がひしひしと伝わるエッセイ集。他に『博士の愛した数式』誕生秘話等。

重松清著　舞姫通信

教えてほしいんです。私たちは、生きてなくちゃいけないんですか？　僕はその問いに答えられなかった――。教師と生徒と死の物語。

重松清著　ナイフ
坪田譲治文学賞受賞

ある日突然、クラスメイト全員が敵になる。私たちは、そんな世界に生を受けた――。五つの家族は、いじめとのたたかいを開始する。

重松清著　日曜日の夕刊

日常のささやかな出来事を通して蘇る、忘れかけていた大切な感情。家族、恋人、友人――、ある町の12の風景を描いた、珠玉の短編集。

重松清著　ビタミンF
直木賞受賞

もう一度、がんばってみるか――。人生の〝中途半端〟な時期に差し掛かった人たちへ贈るエール。心に効くビタミンです。

重松清著　エイジ
山本周五郎賞受賞

14歳、中学生――ぼくは「少年A」とどこまで「同じ」で「違う」んだろう。揺れる思いを抱き成長する少年エイジのリアルな日常。

重松清著　きよしこ

伝わるよ、きっと――。少年はしゃべることが苦手で、悔しかった。大切なことを言えなかったすべての人に捧げる珠玉の少年小説。

綿矢りさ著
ひらいて
華やかな女子高生が、哀しい眼をした地味な男子に恋をした。でも彼には恋人がいた。傷つけて傷ついて、身勝手なはじめての恋。

綿矢りさ著
手のひらの京《みやこ》
京都に生まれ育った奥沢家の三姉妹が経験する、恋と旅立ち。祇園祭、大文字焼き、嵐山の雪――古都を舞台に描かれる愛おしい物語。

新井素子著
この橋をわたって
人間が知らない猫の使命とは？ いたずらカラスがしゃべった？ 裁判長は熊のぬいぐるみ？ ちょっと不思議で心温まる8つの物語。

浅田次郎著
五郎治殿御始末
廃刀令、廃藩置県、仇討ち禁止――。江戸から明治へ、己の始末をつけ、時代の垣根を乗り越えて生きてゆく侍たち。感涙の全6編。

浅田次郎著
憑（つきがみ）神
別所彦四郎は、文武に秀でながら、出世に縁のない貧乏侍。つい、神頼みをしてみたが、あらわれたのは、神は神でも貧乏神だった！

浅田次郎著
夕映え天使
ふいにあらわれそして姿を消した天使のような女、時効直前の殺人犯を旅先で発見した定年目前の警官、人生の哀歓を描いた六短篇。

三浦しをん著

格闘する者に○《まる》

漫画編集者になりたい――就職戦線で知る、世間の荒波と仰天の実態。妄想力全開で描く格闘の日々。才気あふれる小説デビュー作。

三浦しをん著

秘密の花園

それぞれに「秘めごと」を抱える三人の女子高生。「私」が求めたことは――痛みを知ってなお輝く強靭な魂を描く、記念碑的青春小説。

三浦しをん著

私が語りはじめた彼は

大学教授・村川融をめぐる女、男、妻、娘、息子……それぞれの「私」は彼に何を求めたのか。人間関係の危うさをあぶり出す、連作長編。

三浦しをん著

風が強く吹いている

目指せ、箱根駅伝。風を感じながら、たすき繋いで、走り抜け！「速く」ではなく「強く」――純度100パーセントの疾走青春小説。

三浦しをん著

きみはポラリス

すべての恋愛は、普通じゃない――誰かを強く大切に思うとき放たれる、宇宙にただひとつの特別な光。最強の恋愛小説短編集。

三浦しをん著

天国旅行

すべてを捨てて行き着く果てに、救いはあるのだろうか。生と死の狭間から浮き上がる愛と人生の真実。心に光が差し込む傑作短編集。

みずうみ

新潮文庫　か - 1 - 13

昭和三十五年十二月二十五日　発行
令和二年十一月三十日　七十四刷
令和五年一月二十日　新版発行
令和六年六月五日　二刷

著者　川《かわ》端《ばた》康《やす》成《なり》
発行者　佐藤隆信
発行所　株式会社　新潮社
郵便番号　一六二-八七一一
東京都新宿区矢来町七一
電話　編集部(〇三)三二六六-五四四〇
　　　読者係(〇三)三二六六-五一一一
https://www.shinchosha.co.jp
価格はカバーに表示してあります。
乱丁・落丁本は、ご面倒ですが小社読者係宛ご送付ください。送料小社負担にてお取替えいたします。

印刷・三晃印刷株式会社　製本・株式会社植木製本所

ISBN978-4-10-100247-7 C0193